每個午夜都住著一個

說故事 II

驅魔老人

寫在前面的話——

傳說人死之後化為鬼。

鬼者，歸也，其精氣歸於天，肉歸於地，血歸於水，脈歸於澤，聲歸於雷，動作歸於風，眼歸於日月，骨歸於木，筋歸於山，齒歸於石，油膏歸於露，毛髮歸於草，呼吸之氣化為亡靈而歸於幽冥之間（出於《道經》）。

可見，「鬼」這個字的初始意義，已經與我們現在所理解的相去甚遠了。這本書，講述的雖然是詭異故事，但實際上是想將這個字引回原有的意義上——一切有始，一切也有「歸」。好人好事，自有好報；惡人惡行，自有惡懲。

目錄

Contents

七月初一鬼門開，亡故的鬼魂會出來遊走。

這時，親人們要給它們燒紙錢。

到了七月十七，鬼門就會關上。

可是在七月十六太陽還沒有出來的時候，紅大年卻碰到以前認識的「人」。

收服尅孢鬼之後，爺爺將它放入亮仔的月季中，不斷吸收著月夜的精華，與此同時，它的惡性也在被不斷淨化。

本以為爺孫可以休息一段時間，沒想到給月季才澆了兩次水，別的地方又發生了不可思議的怪事——

一個美豔的女人，竟是前世的鬼妓，用不可方物的相貌討還男人始亂終棄的情債。

郝建房的龍鳳胎，總是活不過春天，這其中有怎樣的隱情？

謎團不斷展開，真相如抽絲剝繭般顯現……

錯字

1

同樣是零點零分。

同樣是我們一天中最期待的時刻。

湖南同學開始講了……

因為陳少進的債主來自各地，隨著他們口頭流傳，爺爺能捉鬼的事情很快傳遍了方圓百里。一時間很多人遇到奇怪事情又不能自己解決的，便提了一塊肉或者一袋水果來找爺爺幫忙。爺爺只要農田裡空閒了，一般是不會拒絕人家，除了水果和菸等便宜的東西，其他都不接受。忙還是會幫，但貴重的東西絕不要。

這不，又一個人來找爺爺了。這個人不是別人，正是紅許村的村長紅大年。

爺爺請他坐下好好說。村長不坐，堅決要爺爺先收下他提來的一個布袋再說。

爺爺沒有辦法，拿過袋子，掏出一包菸放在桌上，說：「其他的我受不起，菸我留下，行不？」

村長不肯。

爺爺說：「那我菸也不要了。」說著要將菸重新放回袋裡。

村長這才忙收回袋子。

「什麼事？」爺爺拆開菸包，抽出一支遞給村長，又給自己燃上一根。這時的爺爺已經有輕微的肺炎，偶爾咳很嚴重。媽媽、舅舅、奶奶勸他戒菸，他答應了，但是只戒了一天。

「我們村裡的紙錢都燒不好了。」村長紅大年撫掌說道。

我們那一帶的居民，在七月初一到七月十七都會給亡人燒紙錢。有一句地方諺語叫：「鬼趕十七。」流傳的解釋是七月初一鬼門開，亡故的鬼魂會出來遊走。這時它的親人要給它們燒紙錢。到了七月十七，鬼門就會關上，鬼魂會在七月十六的早上都回去。所以七月十六的早上太陽還沒有出來時人們不要起床出門，因為可能碰到以前認識的「人」。

我滿十二歲後，家裡燒紙的事情由我來幫忙。七月初一前，紙錢就要準備好。以前的紙錢是打了很多形狀像銅錢的孔的黃草紙，現在也有人買印刷的冥錢。除了紙錢，還要準備白紙，那是用來包紙錢的。

就像寄信一樣，用白紙包好紙錢，然後在正面寫上亡故人的名字。如果死者是男性，姓名為紅某某，就寫「故先考紅某某大人受用」；如果死者是女性，不能寫名只可寫姓氏，如「故先妣紅母大人受用」。這幾個字要寫大一些，讓那些鬼魂容易拿到自己的那份冥錢。

大字右下角要寫上「孝子某某敬」，這幾個字就要寫小些。然後在背面寫上一個大大的「封」字。這個「封」字是什麼意思，我也不知道。

做完這些，還得另外包一包冥錢，正面寫上「分錢公差收」。據上了年紀的老人們說，這包冥錢不是給祖上「人」的，而是給分錢的官差用的。燒完的紙錢由這個鬼官差分給應得的人，工作類似現在的郵遞員。

燒紙錢也要講究一些技巧。先用乾枯的草墊在地上，再將一包一包的紙錢放在上面，然後點燃乾草，引燃紙錢。

燒紙錢時不能撥弄，要讓紙錢在燒成灰後還是一遝一遝的。這樣亡人收到的冥錢才是完整的。如果亂撥弄弄破了紙灰，亡人收到的錢就殘缺不全。並且紙錢一定要燒透，有些紙錢疊在一起的時候中間很難燒透，這時要靜心地等它燒透了才能離開。

爺爺把燒錢的每一個要注意的地方都細細地問了紅大年。

紅大年說：「我們都做到了啊。況且，我們不是一家兩家的紙錢沒有燒好，而是整個村的紙錢都出問題了！」

「一整個村的？」爺爺可能在點菸的時候沒有聽清紅大年說的話。

「是啊。如果你說一家兩家的紙錢沒有燒好，那沒得話說。你說奇怪不奇怪？」紅大年緊張地說，因為七月十六之前不把這個事情弄好，會得罪先人。

「以前有一個村也發生過這樣的事情。」爺爺說。

「真的？」紅大年不相信。

「當時我不會這些方術，只是順路經過那裡，就聽說了這個事情。」爺爺回憶說。「那後來怎麼了？」我迫不及待地問道。

「後來他們那個村的所有人都做了一個同樣的夢。」爺爺說。

「什麼夢？」紅大年怯怯地問。手裡的菸微微地抖，菸頭上的灰落在褲子上。

「夢見已故的亡人來討錢，說在那邊日子過得不好。他們的先人都說一樣的話。」爺爺用枯黃的食指和中指晃動香菸。爺爺抽的菸太多，中指和食指的關節部位熏成和過濾嘴一樣的顏色。實在沒有菸抽的時候，爺爺把比菸味還濃的手指放在鼻子上吸兩下照樣過癮。

「什麼話？」紅大年輕聲問，學著爺爺晃動沒有菸灰的香菸。

「不望節，不望年。只望子孫一吊錢。」爺爺說。

「不望節，不望年？只望子孫一吊錢？」紅大年充滿疑問地問道。

爺爺點頭說：「全村的男女老少都做了這個夢，都聽到先人說了這句同樣的話。第二天早上談論昨晚的怪夢時，才知道所有的人都做了這個噩夢。」

紅大年狠狠吸一口菸。菸頭的紅點驟然變得通紅。

爺爺接著說：「後來，村裡的雞鴨豬狗都陸陸續續得瘟病死了。到過年，村裡沒有一家能吃上自家養的畜生的肉。我爹當時會方術嘛，就告訴我說，村裡的活物都被亡人拿走了，因為他們在那邊沒有吃的。」

紅大年丟下菸用腳踹滅，緊緊抓住爺爺的手乞求道：「馬師傅，你可得幫幫我們呀。」

爺爺面露難色。

「怎麼？你可不能不幫忙啊！」紅大年抓住爺爺的手拼命地晃。

「要處理這個問題確實很難。」爺爺說。

紅大年呆呆地看著爺爺，等爺爺說出緣由。

「我猜想你們村出的問題都是由於一種鬼造成的。」

「什麼鬼？」

「窮渴鬼。」

「窮渴鬼？」

爺爺吸了口菸，點點頭：「窮渴鬼，這些鬼是些沒有人燒紙錢的魂靈形成的，有的是因為沒有後代給燒紙，有的是因為後代不孝順。它們在鬼節沒有收到冥錢，就搶別的鬼的。我猜想你們村出了這樣的鬼，不過現在不是很肯定，去了你們村看了我才能確定。」

紅大年馬上接言：「那就請你快點去我們村看看啊。如果是這些窮渴鬼鬧事，再想對應的方法處理啊。」

爺爺苦笑道：「不是說的這麼簡單的，窮渴鬼也算是一種怨氣形成的鬼，這種鬼要不搶錢也就算了，搶錢的話就不得了，要抓這種鬼很危險。它敢搶別的鬼的冥錢，就說明這些鬼都是窮凶極惡的鬼，不比一般的鬼。」

「要捉這種鬼，首先就得看見這種鬼。」爺爺說。可是誰都知道，鬼節出來撿錢的鬼一般是看不見的。因為只有血緣關係的人才給它們燒紙錢，所以這些鬼不會現形出來撿錢，怕嚇著還活著的親人，尤其怕嚇著小孩子。

2

前面說過怨鬼不記得親人，但是沒有怨氣的鬼認得親人。怨鬼被怨氣沖昏頭腦，就像人喝醉了酒一樣。解開了怨結的鬼會恢復記憶，就如人醒了酒一樣。

「看見這種鬼難嗎？」紅大年問道。

「要看見不難，但是看見後很不好。」爺爺為難地說。

爺爺說得不假。我們村原來有個年輕人學過一點點方術，經常在人家面前炫耀，說他能看見別人看不見的鬼。其他人是相信他有這個能力的，因為畢竟跟道士學了些時日，再笨的人也會些皮毛。

在這裡提一下，有的地方說天生的陰陽眼可以看見鬼，那是沒有的事情。《百術驅》裡的文言文翻譯過來是這樣說的：陰陽眼並不是一種特別的方術，而是先天疾病的一種，主要病因是因為患者體內的五行偏奇，或五臟有先天缺陷。其症狀主要是沒有時間、地點限制地見到一些模糊的非人、產生強烈的幻覺；身體虛弱、容易招惹非人、患有先天的一些五臟缺陷。以上條件中具備四條以上的才是真正具備陰陽眼的病人。患有陰陽眼的人只要一天不擺脫，大多活不過三十歲。

當然了，醫學方面可能有另外的解釋，即使有也是從另一方面來解釋，本質相同，說法各異而已。

要想看見鬼，必須有一定的方術。

那個年輕人把自己的方術吹噓得天花亂墜，別人自然不樂意了。有這麼厲害也應該低調點嘛，別人於是故意說不相信他能看見鬼。

那個年輕人急了，一定要拉著別人見證自己的能力。

剛好那時候正在鬼節期間，那年輕人說，你們不相信的可以派個代表，跟我一起看看這些撿紙錢的鬼。

他們就選出了一個人跟他一起看鬼。

他們找了個紙錢還沒有燒透的地方，那個年輕人和那個代表一起在旁邊坐下，然後每人頭上頂一個蓋符，再一起唸事先說好的咒語。

「你看你看，它在撿錢呢。」那個年輕人給那個代表指出一個方向，似乎紙錢邊正有鬼彎腰撿錢。年輕人話剛說完，立即像被誰在後背上打了一棍似的向前撲倒在地，當下口吐鮮血。

那個代表嚇得立即站起來逃跑，沒跑兩三步也「哎呀」一聲，踉踉蹌蹌地撲在觀看的人身上。

可是眾人沒有看見另外的人碰到他們倆。

那個代表驚惶不已：「後面有個長手短腳的人打我們！」可是當場的人沒有看見長手短腳的人出現。

那個代表撩起衣服，背上果然一條紅印，像是被粗棍抽打了。眾人慌忙去扶那個年輕人，只見他兩眼上翻，已經斷氣了，撩起衣服一看，也是一條紅印，比那個代表嚴重多了。顯然他是被打死的！

後來其他村裡也出現了類似的事情，也是一個學了些許方術的人向大家炫耀的時候被鬼打死了。

爺爺告訴我，打死那些人的正是窮渴鬼。窮渴鬼搶錢的時候怕被人看見，所以發現有人偷看便打，下手毫不留情。

可是紅大年不知道窮渴鬼有這麼兇狠，打破沙鍋問到底：「看見後怎麼不好？我只知道沒滿十二歲的孩子看見鬼了容易生病，可是你都五六十的人了。」

爺爺沉默不語，紅大年更加急了：「你是不是不想答應？如果是我一家的事，那我就不來麻煩你了，讓先人責怪算了。可是現在是我們一個村的人都這樣啊。我這個做村長的也是沒有辦法才來請你出山啊，馬師傅！」

爺爺被他的話打動，扔了將盡的菸屁股，點頭說：「好。我答應去看看。可是不一定能幫上忙啊。」

紅大年喜得站立起來，一個彈指將手中的菸彈出老遠，激動地說：「那就好，那就好。今晚就到我們村去看看？」

爺爺點點頭。

太陽在西邊的山口只剩一條劣弧，半邊天被染成美麗的紅色，雲彩被鑲上金邊，山頭的樹木也變得金燦燦如同隔世的仙境。我們去往紅許村的大路也鋪上一片金黃。我看爺爺滿是皺紋的臉，像珈藍殿的大佛一樣微閃金光。那是一個非常美麗的情景。多年後的我仍懷念那種身臨其境的感覺。

翻過兩個山頭，走過一個水泥橋，再沿著水田的田坎走了半裡路，就到了紅許村。首先迎接我們的是一棵三人合抱的老槐樹。老槐樹長在一個陡峭的山坡上，因為有些鬆土垮了，樹的半個根露出來，因為長期的曝曬變得和樹幹沒有區別，也生出樹皮。活像一隻用力的手抓住剩餘的泥土，跟下滑的趨勢做鬥爭，一副不屈不撓的氣勢。老槐樹枝葉茂盛，在晚風的吹拂下搖曳長枝歡迎我和爺爺到來。那段情景一直使我難以忘懷，我是個懷舊的人。

經過了老槐樹就看見了紅許村的第一間房屋。已經有幾個年長的人在那裡等候爺爺的到來，個個慈眉善目。

我很奇怪，雖然紅許村隔畫眉村不過五六里路，我卻從來不知道這個地方。它像一個不願交際的人蜷縮在這個山角裡，手腳從不外展。

爺爺跟幾位年長的老人寒暄了一番，年輕的時候他們曾有過平淡的交流，到老了就都收起了腳步只在村裡附近轉轉，不再出來。

喝了一盅茶，爺爺起身道：「開始吧。」

這時又來了一些人，村裡的老老少少，都想看爺爺怎麼抓住讓他們燒不好紙錢的鬼。

紅大年在屋裡拿出十幾包已經寫好的紙錢，一字排開放在乾枯平鋪的枯稻草上。

爺爺叫人搬來兩塊門板，樹立在枯稻草一旁，兩個年輕人扶住。爺爺和紅大年分別在門板前面盤腿坐下，背對門板，頭頂蓋符。

我們那裡新死的人要放在門板上平躺兩天，然後才可以放進棺材的。老一輩的人說鬼是不能穿過門板的。所以我猜想爺爺這樣做的用意是怕窮渴鬼在後面襲擊。

「點草！」爺爺吩咐道，然後和紅大年一起閉上眼睛。

兩個婦女連忙將壓在紙錢下面的稻草四周點燃。

3

火焰騰得燃燒起來，像紅色的舌頭舔噬著白色的封紙⑬。周圍的人靜了下來，默默地看著跳躍的火焰和靜坐的兩人。

白色的封紙被火舌舔開，露出黃色的紙錢。紙錢邊沿開始變黑，並向裡面蔓延。爺爺唸一句紅大年跟著唸一句，他們倆的影子打在後面的門板上，隨著火焰飄浮不定，彷彿靈魂脫離肉體而去。

有的長輩說如果在燈光或者火焰下沒有影子，證明靈魂已經游離出去了。

要紅大年一起看那些撿錢的鬼，是因為這裡只有他認識所有上輩的人。如果他看見不認識的鬼在這裡撿錢，那就可以指給爺爺看，爺爺就可以分辨出哪個是窮渴鬼。

火焰越來越旺，紙錢只剩中心一塊沒有燒到。紙錢底下的稻草周邊是黑漆漆的炭灰，火焰燒到的地方紅彤彤的，如火爐上的鐵絲。

爺爺唸到「天啟精靈，冥視吾眼」時打了一個響指，然後說：「開眼吧。」

紅大年和爺爺一齊睜開眼睛，看著火焰跳躍處。

「看見了嗎？」爺爺問道。

紅大年倒吸一口冷氣，瞪大了眼睛：「我不是在做夢吧？」說完狠狠地眨了兩下眼，又抬起手來揉。

爺爺冷靜地說：「村長啊，看仔細了，不要分神。」

紅大年果然有當領導的氣質，立即冷靜下來，頭朝前伸地窺看。而我們其他人都只看見火焰將最後中心一塊的地方也佔領了，也沒有看見其他東西。

紅大年仔細看著前面的一片虛無，口裡唸叨著，手指指點著，像在豬圈裡數走來穿去的豬仔。

13. 封紙：封著紙錢的白紙。

「來保，你很久沒有去你爹墳上鋤荒草了吧。」紅大年邊側頭側腦地看著前方邊說。

圍觀的人群裡立刻有個中年漢子哈腰點頭：「唉，唉。」

「你看你看，你爹的衣服穿的，身上到處黏著草，像個叫花子。真是的，再忙也要把你爹的墳頭弄乾淨嘛。」紅大年嘖嘖道。

那個中年漢子馬上弓腰答道：「明天就去，明天就去。」

旁邊的婦女拍拍中年漢子的肩膀，罵道：「我都說了要你有時間去看看你爹的墳，你偏不去。都半年多沒有給你爹的墳除過草了，人家還以為我這個做媳婦的不賢慧呢。」

眾人驚嘆。

「根生，根生在嗎？」紅大年又極不滿意地問道。

「在在在。」又一個男子哈腰點頭，年紀比剛才那個小多了。

「你姥姥的臉成了花貓臉了，得抽空快去把你姥姥的墓碑擦擦。我記得你姥姥在世的時候重男輕女，最疼你這個小子了。雖然你爹媽還在世要你服侍，但是看在你姥姥曾經疼你的份兒上，有時間就去看看吧。」紅大年揮手道。

圍觀的人群裡有人悄聲打趣道：「根生啊，我上次說了有牛屎濺到你姥姥的墓碑上，叫你去洗洗。那時你偏不聽也不去看。」

這時眾人的表情各異，不過從中很輕易判斷出哪些人期待得到已故的親人的資訊，哪些人害怕被揭露。

紅大年又向火焰那裡打量半天，迷惑不解地說：「沒有不認識的，這些撿錢的都曾經是我們村的人。」

「這些人沒有一個你不認識的？」爺爺指著火焰跳躍處問道。他們倆像是在給周圍的人表演技藝精湛的雙簧。

「沒有，沒有。」紅大年搖搖頭。

「是不是窮渴鬼知道了你會叫我們來，今天就躲著不出現？」爺爺猜測道。

火焰吞噬了最後一點紙錢，迅速弱下來。爺爺和紅大年的影子在門板上消融不見了。火焰一滅，大家這才發現天已近黑，一隻隱藏在槐樹裡的烏鴉嘶啞地鳴叫。

「他們走了。」紅大年的目光由紙錢邊緩緩移到村口的老槐樹，似乎在目送回家探親又離去的親人。而我們什麼也看不見。擋在路口的人們紛紛躲閃到路邊，生怕擋住了「他們」的去路。

爺爺嘆口氣，說：「閉眼吧，不要亂動。」

紅大年和爺爺閉眼默神一會兒，重新睜開眼睛。

爺爺掙扎著站起來，精神十分疲憊。

紅大年雙手撐住膝蓋努力站起來，可是身子剛剛站直，立即又雙腿一歪，跌坐在地。圍觀的人慌忙擁上去，七手八腳抓住他的雙臂把軟塌塌的他拉起來。

爺爺拖著沉甸甸的腿走到我旁邊，將一隻手搭在我的肩膀上。那隻手施加了爺爺全身的重量，壓得我的肩膀疼得似乎要掉下來。

爺爺做了個深呼吸，說：「讓紅村長休息一會兒就沒事了，這事情很耗費體力。」

「紙錢還是沒有燒好。」一個站在紙灰邊的人喊道。

我扶著爺爺過去觀看。紙灰並不是意料中的一遝一遝，而是稀亂沒有規律。

「不對呀，沒有窮渴鬼這紙灰應該不是這個樣子啊。」爺爺皺眉道。後面的人也欷歔不已，議論紛紛。

「這邊還有幾包紙錢沒有燒完呢。」一人叫道，眾人馬上聚集過去看。

其實那幾包紙錢已經燒透了，不然紅大年不會說亡人已經走了。說沒有燒完，只是中心的一塊圓巴巴的地方豔紅，如還未熄滅的熾炭。

那幾包紙錢的封皮已經燒成灰燼隨著火焰飄散在空氣中，但裡面的紙錢灰燼仍一張一張一遝一遝地整齊排列。燒過書的人會有這樣的經驗：書的封皮和前幾頁會被燒得蜷縮起來，然後跟隨煙火升騰到空氣中飄散，而中間的書頁被燒成灰後仍然能保持原來的形狀，讓人造成錯覺——整本書並沒有燒毀而只是掉進了墨汁中。

大家都把期待的目光投向這幾包燃燒比較慢的紙錢。

中心的紅色漸漸黯淡，漸漸黯淡，最後終於如彌留之際的人一般閉上了眼睛，最後一點紅光熄滅。就在緊接其後的一秒，大家的目光由期待變為驚恐。

整齊的紙錢灰在紅光熄滅的 那，立即如沙子一般塌下散開，流落在管狀的稻草灰之間。

「這，這是怎麼回事？」一個老人驚道，「我年年鬼節燒紙，燒了六十多年，還是頭一回看見這種事情。昨天我兒子說紙錢燒不好，我還不相信呢。沒想……」

老人的話還沒有說完，剩餘的幾包紙錢灰都隨著紅光的熄滅垮塌下來。

「窮渴鬼還是來了，只是我們沒有發現。」爺爺盯著紅大年說。

「難道我看漏了?我家裡的十幾隻豬仔剛下窩時在豬圈裡跑來跑去，我都能數得清清楚楚呢。」紅大年一臉疲憊，說話如病人一般有氣無力。

4

「好了，今天先散了吧。明天再來。」紅大年揮揮手，驅散圍觀的人。

「明天還來?你吃得消嗎?」一個扶著他的人問道。

紅大年點點頭:「眼看七月十七就要到了，不快點解決，還要拖到什麼時候?」

「咦?對了，紅家福，我看到你爹了。」紅大年轉頭對那個扶著他的人說，「你是不是很久沒有給你爹上祭品了?我看你爹走路晃晃悠悠的，像是生病了。有空擺一碗水果到你爹的墳前去，啊？！」

「是是。」紅家福點頭回答，「紅村長看清路，別絆到石頭了。」

我和爺爺當晚就在紅許村住宿，紅大年跟我們待在一起談了許久才走。爺爺決定明天要我參與，我欣喜不已。

第二天的同一時候，村裡的人又把紙錢寫好鋪在稻草上。圍觀的還是昨天那些人，多了幾個小孩子。門板又卸下來，紅大年要村裡人把門板放在我背後，自己沒有用門板。

爺爺勸他再去弄一個門板來。紅大年怕麻煩，擺擺手說：「不用了。就這樣吧。昨天不也沒有事嗎？」

又點燃了稻草。

我們按部就班地做著該做的事，爺爺喚道：「開眼！」我們立即睜開眼睛。

我看見一群先前沒有的人圍在紙錢旁邊等待。他們都佝僂著身子看稻草上的紙錢是不是自己的，他們把手伸到紙錢上，輕輕拿起，將一張張嶄新的冥幣從紙灰裡拿出來。他們的身子如水中的倒影，頻頻波動。而剛才看得清清楚楚的人群，現在卻如隔了一層薄霧似的模糊。

紅大年又在數：「一、二、三……」

突然，紅大年停住了。我猜想他應該看出異常了。爺爺也看著紅大年。

「家福這個小子，我昨天說了要他送點祭品去他爹的墳上。看來那小子吝嗇得很，還沒有送到。你看他爹還是晃晃悠悠的像個病號。」紅大年罵罵咧咧。

我抬眼去看那個晃晃悠悠的「人」。

那個被紅大年稱為「病號」的穿著寬大的褲子，上身著一紅背心，兩隻眼睛如老鼠一般滴溜溜地轉。

「爺爺，你看他的膝蓋！」我像發現新大陸一樣高興。

我發現那個「病號」的膝蓋很高，從褲子彎曲的地方來看，他的小腿長是大腿的三倍。而他的大腿短得沒有道理，還沒有一個啤酒瓶長。

「他是走的高腳⑭。」爺爺判斷說。

「對，他走的高腳！」我更加興奮。小時候爺爺給我做過高腳，用兩個開叉的樹枝劈成一樣長短，然後在開叉的地方做個類似涼鞋的器具綁定腳板，人就可以踩在樹枝上走路，如女人的高跟鞋。

「真是狡猾啊，窮渴鬼都是手長腳短，他居然會偽裝。」爺爺死死盯住「病號」說道。

紅大年一聽，也發現了異樣。

果然，我們看見他在這邊撿了錢，又跑到那邊撿錢。照道理，他只有一包紙錢，怎麼跑來跑去地撿呢？

紅大年氣憤道：「我只道他兒子吝嗇，幾個水果都捨不得給爹供奉，沒想到他爹還搶別人的東西！」

「說話小聲點。」爺爺提醒道。

紅大年不管這些，拿出當官的脾氣，站起來就朝「病號」走過去。而我看見紅大年的影子從坐著的軀體裡走出來，爺爺還沒有施法，身體是不能自由亂動的。紅大年一急，魂魄離開軀體走向「病號」。

圍觀的人群沒有發現紅大年的靈魂已經出竅，只是好奇地瞪著剛剛還生氣現在卻垂眉閉目的紅大年。

「喂，紅旗龍老頭，你怎麼回事？」紅大年的靈魂衝到「病號」身邊，拉住他的小紅背心。

紅旗龍正在彎腰撿錢，被紅大年拉直了身子。

「喲！紅村長？你怎麼也死了？你還不到五十歲呢。」紅旗龍笑嘻嘻地看著紅大年。

「我能死嗎？我要是死了也是被你這個老頭子氣死的！」紅大年氣咻咻

14. 高腳：高蹺。

地說，拉住紅旗龍的紅背心來回扯拉。

這一拉扯，紅旗龍一下子跌倒，高腳從褲管裡露出來。

「你果然是窮渴鬼！」紅大年指著他的鼻子罵道。

「危險！」爺爺大喊道。聲音剛出，爺爺的靈魂也衝出身體，想前去護衛紅大年。

此時紅旗龍見被識破，立即變換原形。只見他的眼睛鼓脹起來並且變成綠色，瑩瑩的如綠瑪瑙。兩頰深深陷下去。兩條短小的腿站起來，伸出手要搧紅大年巴掌。

鬼的變相其實不難理解，因為人也這樣。當你沒有傷害他的利益的時候，他是一個面相對你；當你發現他的秘密，傷及他的利益的時候，他的另一個面相立即會展現出來，讓你驚訝，這個面相和你先前認識的面相有天壤之別。

爺爺的靈魂撲倒紅大年，窮渴鬼一巴掌打空。

窮渴鬼的樣子完全顯現出來了。我以前只聽說它長手短腳，卻沒有親眼見識。此刻，紅旗龍完全變成了另一副模樣，它的手確實變長了，如扁擔一樣長。手臂也變了形，前臂居然比後臂粗多了，如龍蝦一般恐怖。

由此我猜想以前那個炫耀的年輕人並不是被窮渴鬼用棍棒打死的，而是被它的手臂打死的。

窮渴鬼的腳也短得沒道理，大腿加小腿才一個啤酒瓶那麼長。不過它跑的速度飛快。它見爺爺使它一巴掌沒有打到，急得吱吱叫，聲音如被老鼠夾夾住的老鼠。它舉起雙臂，就如舉起大木棍一樣，朝滾在一起的爺爺和紅大年打去。

爺爺和紅大年連忙抱在一起滾開。

爺爺他們跟窮渴鬼打得激烈，而周圍的人們毫無知覺，只是呆呆地看著靜坐的爺爺和紅大年的軀體，根本不知道其他的事情。而其他撿錢的鬼魂也只顧自己彎腰撿起燒盡的冥紙，不理會身邊發生的惡鬥。

窮渴鬼並不打算就此放過爺爺和紅大年，揮舞著雙臂追著他們打。紅大年躲閃不及，被窮渴鬼的一隻手抓住大腿。紅大年疼得撕心裂肺地尖叫。我想被那隻手抓住不遜於被鉗子夾住般疼痛。

爺爺喊道：「亮仔，快叫旁邊的人把門板壓上來，壓住它！」周圍人聽不見爺爺的話。

我馬上喊：「快，快幫忙。紅大年的魂魄被窮渴鬼抓住了，就在紙錢左邊一點的地方。快點快點！」

在我後面扶著門板的人馬上抬起門板朝紙錢方向跑。

5

「在哪裡，在哪裡？」抬著門板的兩個漢子跑到紙錢旁邊，轉頭問我。

「再往前一點，靠右點，對對。」我看著爭鬥中的窮渴鬼和紅大年，指揮兩個高高抬起門板的漢子。窮渴鬼舉起另一隻手要打紅大年，被紅大年兩手抓住手腕。窮渴鬼掐紅大年大腿的手更加用力，前臂的肌肉如石頭一樣暴起來，皮膚如癩蛤蟆一般。

窮渴鬼的腳很短，身高不到一米。紅大年疼得蹲在地上。所以兩個漢子只需將門板抬高到胸口就綽綽有餘。

「好了，快壓下來。」爺爺站在一個漢子的身邊喊道。可是那個抬門板的漢子根本聽不見。當然了，周圍其他人更加不可能聽見爺爺的話。

我明白我是他們之間唯一的紐帶，連忙喊道：「好了，快壓下來。它就在下面。」

兩個漢子同時大喊一聲：「嘿！」將門板往下一壓。

紅大年和窮渴鬼一起被門板壓住，動彈不得。門板之於鬼，就如緊箍咒之於孫悟空，只要被門板壓住了，任它怎樣都奈何不了。

爺爺說過，在他還小的時候，有一天一個乞丐模樣的人賴在爺爺家門口，給了米給了錢還是不走。爺爺把這個事說給姥爹聽了，姥爹掐指一算，說那個乞丐是窮渴鬼前來討要吃喝的。姥爹隨手抽了一根燒飯用的稻草，就走出來跟那個乞丐會面。

姥爹走到門口問，我知道你不是人，也不知道你為什麼偏偏來找我家。可是你要什麼才走呢？

乞丐嘿嘿一笑，說，你給我燒三十座金山銀山，我就走。

姥爹說，我給你一根稻草都怕你拿不回去，你還敢要三十座金山銀山？說完就將手中的稻草丟給乞丐。

那個乞丐不明就裡，一下接住。

乞丐立即被稻草壓倒在地，哭爹叫娘，化作一縷煙消失了，地上只剩幾件破破爛爛的衣服。爺爺就是那時候喜歡上捉鬼方術的。

爺爺問姥爹，一根稻草怎麼能壓住它啊？

姥爹說，我施了法術嘛。

後來姥爹還是給那個窮渴鬼燒了金山銀山。爺爺又問為什麼。

姥爹說，做人要善良，能幫上的就要幫忙。但是窮渴鬼得逞了一次會又來一次，沒完沒了，它非常貪婪。所以我要用稻草趕走它。對待這樣的鬼，你不能得罪它，但也不能順從它。你得罪它了，它會一直記恨在心，尋到機會就害你。你順從它了，它也會一直惦記你，經常有事沒事來騷擾你。世界上這樣的活人多的是，如果它求的是小事，你可以幫它一次，但是同時讓它知道你不是好欺負的。

果然後來窮渴鬼再沒有來騷擾過。

門板和雞血都是鬼比較忌諱的東西，雖然比不上姥爹施了法的稻草，但是急用來對付窮渴鬼也未嘗不是好辦法。

爺爺見紅大年也被壓住，飛快跑回自己的身體。

爺爺睜開眼睛，取下頭上的蓋符，跑向紅大年的軀體。可是沒有跑幾步就跌倒在地上，他體力不濟了。

我看出爺爺的意圖——把紅大年的蓋符取掉，讓他的魂魄回到體內。於是，我閉上眼重新打開眼，起身走到紅大年的身邊。

我走到紅大年旁邊取下蓋符。我的手剛拿開蓋符，紅大年立刻「哎喲哎喲」地叫喚，雙手抱住大腿。紅大年罵道：「你這個紅旗龍喲，掐得我的腿骨頭都要斷了。你他媽的，老子欠了你的債嗎？這麼使勁兒掐老子！」

我回過頭去看紙錢那邊，原來撿錢的「人」都消失不見了，我的眼睛又恢復了原來的狀態。紙錢灰旁邊，兩個漢子死死壓住門板。門板在離地半米的上空就是落不了地。

紅大年也醒過神來，對著旁邊圍觀的人罵罵咧咧道：「還看什麼看！快去幫忙啊，窮渴鬼還在門板下面呢。」

圍觀的人馬上過去幫忙按住門板。

「別了。」爺爺揮手阻止道，「門板也放開吧。」

「為什麼？」紅大年睜大眼睛問道。

「這不是辦法。你就一直壓著它？輪班天天壓著它？」爺爺反問。

「那怎麼辦？」紅大年手足無措。

我插言道：「我們要找到怨結所在。」

紅大年望著我，似乎不相信這樣的話是從我這個初中生口裡說出來的。

紅大年又望著爺爺，爺爺點點頭。

紅大年這才想起表揚我：「剛才幸虧你這個小子聰明，要不我還被那窮渴鬼掐著大腿呢。有你爺爺的風範！」說完他還伸出一個大拇指。我得意揚揚。

「放開它吧！」爺爺朝圍在門板周圍的人喊。

大家一不使勁兒往下壓，門板反而順從地落地，「　當」一聲撞在地面上。不用想，窮渴鬼藉機溜掉了。

大家再看那些紙灰，雖然還是有一些散了，但是比昨天好多了。

「紅家福，紅家福！」紅大年喊道。沒有人回答。

「紅家福不在這裡嗎？」紅大年問道。人群裡的人互相看了看，有幾人前前後後回答道：「沒有看到那傢伙。」

「走，到他家裡去！」紅大年從地上爬起來。幾個人連忙上去扶住他。爺爺也已經由兩個人扶起來了。

爺爺奇怪地看著我。我對爺爺的眼神很不理解。

「怎麼了？」我回望著爺爺問道。

「你不覺得渾身無力嗎？」爺爺問道。

「沒有啊。」我說完還試著跳了兩下，就是剛才坐得太久了腿有些麻，像是很多沙子打在皮膚上。

紅大年也不相信地看著我：「你怎麼就不覺得疲憊呢？」他的意思是如果我現在躺在地上等其他人扶起來才能令他滿意。

我也後知後覺地反應過來，發現我的不同。怎麼我就沒有像爺爺和紅大年一樣站起來就要倒呢？

爺爺說：「你要是不舒服一定要講哦。」爺爺生怕我現在這個模樣是咬牙撐著的。

我確實沒有不舒服，我說什麼？

旁邊有人問道：「現在就去紅家福家裡嗎？恐怕他已經睡下了。他今天在農田裡忙了一整天。」

爺爺想了想：「那就明天去吧。反正今天的紙錢是不能再燒的了。我和你們村長也很累了，今天就到這裡吧。」爺爺說完用詢問的眼光看紅大年的意見。紅大年點頭，他的眼睛還有很明顯的血絲，猜想剛才把他疼得夠厲害。

天上的月亮圓得像茶盤，已經是十五了，再不把事情解決好，鬼門就要關了。

6

那天晚上回到紅大年安排的房子，爺爺已經很累了。那個房子的窗戶是圓形的，沒有窗欞，只蒙了一層窗紙。外面的桃樹影子落在窗紙上，斑駁陸離。

爺爺說：「希望明天是那樣的。」他不是有意對我說的，而彷彿是自言自語或者是祈禱。我不知道他說的「那樣」是哪樣。我正要問，爺爺的鼾聲已經響起來。他的頭剛挨著枕頭就睡著了。

現在想起那些過去的日子，我不禁傷感。過去爺爺睡覺很快就打鼾，但是多年後的現在他老睡不著，半夜了還聽見他咳咳聲不斷。我想，他在睡不著的時候會不會回想過去的時光。過去奶奶還在世，舅舅沒有出去打工，我經常在他身邊。而現在，奶奶已經去世，舅舅打工在外，我在遙遠的東北讀書。整座房子裡就他一個人，半夜摸黑起來喝茶時會不會凝視窗外的月亮發呆。

當然了，在紅大年安排的房子裡睡覺時，誰會對著當時的圓月想這些呢？

我也未曾料到多年過去後會如此懷念那段時光。我只掛念著那還沒有找到的另半部古書。我只擔心明天還要不要抓窮渴鬼。

我想了半天「移椅倚桐同賞月」的含意，終於得不到答案，便不知不覺中帶著疑問進入了夢鄉。

第二天一早，我和爺爺在紅大年家吃過早飯，就一起和紅大年來到紅家福的家裡。

紅家福正在屋簷下刷牙，白色的泡沫填滿了他的嘴。他見我們過來，忙喝了一口水在口裡鼓搗片刻吐了出來，笑道：「村長這麼早來我家有什麼重要的事吧？」

紅大年一臉不悅地說：「屋裡說話。」

紅家福見村長語氣不對，連忙收拾了牙刷水杯，帶我們進屋。他搬來幾把木椅讓我們坐下，又泡了三杯熱茶遞給我們，這才靠著村長坐下。

「什麼事啊?」紅家福問道,「村長,你要我送點水果到爹的墳上,我可是做到咯。」

「我不說你還不送了吧?」紅大年氣憤地說,「就知道你這小子小氣。」

紅家福尷尬地嘿嘿笑,一雙刷牙弄濕的手在褲子上揉弄。

「我說,你怎麼能鬼節都不給你爹燒點紙錢呢?害得我們村裡的紙錢都燒不好。你小子不在乎那幾個水鬼,難道就不能花錢買點紙錢給你爹燒燒?」紅大年抱怨道,「你就是不燒,也要跟我說說嘛。你看你,害得我到處找原因,還把畫眉村的馬師傅請來。村裡的紙錢燒不好,你也吭一聲嘛。大不了我幫你買點紙錢也行。你看你!我都不好意思說你!」

紅大年擼起褲子,指著大腿上一塊碗口大的淤青,說:「你爹成了窮渴鬼,看把我的腿掐的!我走路比扎了貓骨刺還疼。」我剛才來時就發現紅大年走路有些不對勁。

「窮渴鬼?」紅家福驚訝地瞪大眼睛,一副不可置信的樣子。

「你呀，你呀！」紅大年指著紅家福不停地晃手指。

「不可能啊！我再小氣也不能不給親爹燒紙錢啊！我燒了啊。我要我兒子寫的毛筆字呢。不信你問我兒子，他還沒去上學呢。我真燒了。」紅家福信誓旦旦。

「你燒紙錢了？」紅大年不相信，斜著眼珠看他。

「村長，你怎麼能不相信我呢？我再吝嗇，也不會鬼節不燒紙啊。這可是大不孝，我敢嗎？我叫我兒子來作證。」紅家福扭過頭對裡屋喊，「兒子，兒子，還沒有上學去吧，出來下。」

紅家福的兒子掛著一串鼻涕從裡屋跑出來，一個黃色帆布書包斜挎在肩膀上。紅家福摸摸兒子的圓瓜一樣的腦袋，溫和地問道：「告訴紅大爺，你爸爸是不是燒紙錢給爺爺了。」

他兒子點點頭，見到我和爺爺有點怯生。

「我還要你給我寫的封面的毛筆字，是不是？」紅家福問道。

他兒子又點點頭，怯怯地說：「我們學校有毛筆字的課，爸爸就要我寫了。」

紅大年故意給紅家福的兒子一個疑問的眼色，威嚴地問道：「小孩子可不許撒謊哦，撒謊了告訴你老師！」

他兒子立即跑到裡屋去。

我們正懷疑間，他兒子又出來了，手裡拿著一把白紙。

「我沒有騙你，你看，我還有幾張沒有寫好的都放在抽屜裡呢。」他兒子一面說一面將白紙遞給紅大年。我和爺爺也馬上湊過去看。

白紙皺成一團，上面寫著筆法幼稚的毛筆字。

紅家福指著白紙說：「我沒有騙你吧。燒紙錢對亡人來說可是大事，我敢不做嗎？說了你還不相信。」

這回尷尬的是紅大年了，他滿臉通紅地翻閱著白紙。他拍拍紅家福的兒子的帆布書包，和氣地說：「你是個乖孩子，快遲到了，去上學吧。」

那小孩子便用手一擦鼻涕，飛快地跑出去。書包在屁股後面甩起來。

我從紅大年手裡抽出一張白紙來看，這不看則已，一看立即發現了我原來犯過的一樣的錯誤！

「你看你看，這個龍字寫得不對，」我把白紙上的毛筆字指給爺爺和紅大年看，「這個「　」（龍的簡體字）字少了一撇，變成尤字了。」我小時候也幫爸爸寫過紙錢的封面，媽媽擔心地在旁邊嘮叨，可別把錯別字寫上了，不然亡人看了以為不是自己的，收不到紙錢。後來爸爸檢查的時候果然發現我寫錯了，只好撕了白紙重新寫。

紅家福一聽臉色煞白。「這，這，這……」轉而哭起來，「我的爹呀，都是我不好啊，害您變成了窮渴鬼。我還不相信呢。都是我混帳！您別怪您的孫子啊，不關他的事，他人小不懂事，都怪我偷懶，您要罵要打都找我吧。我對不住您呀，爹爹！」

紅大年罵道：「你現在哭頂個屁用！」

爺爺安慰道：「也沒有多大的事，今晚你補回來就可以了。只是勞累你們的村長。幸虧只是你家兒子寫錯了字。要是有其他的原因，我和你們村長還不知道怎麼辦呢。」我也輕輕籲了一口氣。

當晚，紅家福多燒了幾包紙錢，跪在火焰前面喃喃道：「爹呀，都是做兒子的粗心。今天多燒些紙錢給您，請您不要責怪啊。」

一陣風吹來，把紅家福刮倒。站在旁邊的紅家福媳婦慌忙扶起丈夫，看見丈夫的臉上多了一個紅印，像摑了一巴掌。

紅家福立即磕頭：「爹，這是您應該打兒子的。我以後再也不敢了。」

風旋轉起來，等紙錢都燒透了才離去。

然後，紅村長通知其他人家接著燒紙錢。每一家的紙錢都燒得很順利。

「講完了？」我問道。這次的結局才像一個結局嘛。

湖南同學呵呵一笑。

「寫錯字真可怕啊，以後可不敢寫錯一個字了。」我的後脊背有些涼。

從學會寫字到現在，我不知道寫過多少錯字別字呢。幸虧……

重男輕女

7

「今天晚上要講的故事，跟中國一個根深蒂固的封建思想有關。」湖南的同學見三個指針疊在了一起，擺正了姿勢，頗有說書人的架勢。

「哦，你可以開一個思想教育培訓班了。」我打趣道。

湖南同學笑了笑，接著昨晚的故事講述……

紅村長高興地挽留我們再住一晚，爺爺謝絕了。

其實爺爺還想住一晚，因為紅大年家裡有很好的菸葉。十幾年前，平常的農民要天天抽菸廠包裝的菸會覺得花費很大。像爺爺這樣生活水準的，一個星期最多買一包兩毛錢的火炬牌菸抽抽，還是沒有過濾嘴的那種。現在早已絕跡了。在秋收後賣了一些稻米，兜裡有了點錢，爺爺才能買稍貴的有過濾嘴的香菸。

為了節省開支，爺爺自己種了菸草，收回來的菸葉切碎了用報紙書頁卷起來也能抽個把月。但是菸葉的品質很大程度上影響了口味，爺爺不太會護理菸草，卷的菸當然比沒有過濾嘴的火炬牌菸還要差勁。

但是紅大年的菸葉品質相當好。看到爺爺一臉陶醉的樣子就知道了。爺爺臨走還留戀地看看紅村長裝菸葉的塑膠袋，不好意思主動開口要。

要走的是我，因為我堂姐不到一歲的兒子突然死了。媽媽叫人捎口信來，叫我儘快回去。因此，見紅許村的紙錢能好好地燒了，我們便急急趕回來。爺爺見夜色已晚，怕我一個人回去不安全，便跟隨我一起到我家。

在夜路上走的時候，爺爺就肯定地告訴我：「你堂姐的兒子是被尅孢⑮鬼害死的。」

15.尅孢：尅同克。意為 打、罵。尅孢的孢可解字為繈褓。尅孢是專門害小孩的意思。

「尅孢鬼？」我在路上小心翼翼地抬腳，走夜路時腳要抬高一些，如果被伏路鬼絆倒，它會媚惑你的靈魂，睡覺時容易出現鬼壓床的現象。

「對。尅孢鬼專門勾引同齡的嬰兒的靈魂，方術的說法又叫走家。」爺爺說。

「走家？」我還是第一次聽到這種說法，古書裡沒有這方面的解釋。看來理論和實踐還是有區別的。爺爺的經驗比我豐富多了。

爺爺跳過一個小溝，說：「走家就是靈魂出了竅，離開了身體的意思。如果靈魂走得太久太遠，人的本體就停止生命。要判斷一個人是不是走家了很簡單，如果他眼光黯淡，耳朵發潮，頭髮三兩根黏合一起，用梳子理開了又合攏，並且走路的時候無精打采，那這個人肯定是走家了。」聽了爺爺這樣說後，我在一段時間裡看見別人就注意他的眼光、耳朵和頭髮。

「你也可以捏住人家的手指，用你的大拇指按緊他的指甲。指甲下面會變白。鬆開你的手再看看他的指甲是不是馬上變回潤紅色。如果變回的速度很慢，那也是走家了。必須採取急救的置肇。」爺爺說。

「置肇」也是方術裡的用語，假如有人知道今年命運不濟，或者婚配有禁忌，並不等於就只能坐著等厄運來，他可以透過置肇來避開厄運。如我出生時手出了問題，但是爺爺給我賜了桃木符，使我好轉。這就是「置肇」。

「怎麼置肇？」我問道。

「一時跟你說不好。快點走，回去了再告訴你。」爺爺說。

夜已經很黑了，前面的路隱約地只能看見一條白色的布條在腳下飄浮。常年住在城市的人是不會有這種感覺的。因為那時候農村裡的大路也是泥巴路，沒有柏油路、水泥路。因為農村裡沒有路燈，黑到路兩旁什麼也看不清，真正的伸手不見五指。

可是即使伸手不見五指，腳下的路還能透出一點點虛幻的白色，我不明白這是什麼原因。我踏在路上有踏在浮雲上一樣輕飄飄的感覺，有些好玩又有些害怕。

我和爺爺走到家裡，媽媽爸爸還在等伯伯的消息。發生了這樣的事情，我們做為堂姐娘家的親戚，要在第一時間去安慰她，生怕她尋短見。

堂姐生下這個兒子耗費了不少的心血與血汗錢。她已經有一個讀小學的女兒了，可是一直盼著再生個兒子，盼了五六年不敢生，於是冒著被計畫生育處罰的危險躲在外地生了這個兒子才回來。

一會兒，伯伯過來了，伯伯的臉色慘白，眼睛紅腫，大概流了不少眼淚。那個孩子很逗大人們的喜歡，跟我有些相似，都是很多時間在爺爺家而不在自己家跟爸媽住一起。所以我們村裡很多人都見過那個孩子，很多人都很喜歡活潑可愛的他。不過我因為常在學校，放假又一天到晚跟在爺爺屁股後面，所以不怎麼瞭解這個孩子。

跟伯伯一起來的還有其他幾個阿姨、叔叔，他們叫上我爸媽一起連夜乘坐租借的公車前往堂姐家。

我也想一起去，可是被媽媽攔下。

「這麼晚了，你就別去了。你跟爺爺待在家裡等我們回來吧。」媽媽說。

我只好點點頭。

爸媽坐上的車剛走，隔壁的金香阿姨就過來詢問。

金香阿姨見爺爺也在，寒暄了幾句才坐下。金香阿姨的娘家就在文天村，她的父親跟爺爺是熟識的好朋友，所以他們倆也不是很陌生。

爺爺主動問金香阿姨道：「金香啊，你知道那個孩子的事情嗎？」

金香阿姨說：「知道啊，那孩子先在這裡發的病呢。後來才接到自己家裡去的。」

爺爺又問：「什麼病？難道不到醫院去治嗎？」

「怎麼沒有去醫院呢？轉了五個醫院，省城最有名的婦女兒童醫院都去了，大夫說檢查不出來是什麼病症。你說，人家大夫都不知是什麼病，我哪裡知道什麼病咯！」金香阿姨表情誇張地說。

「有這麼嚴重？」爺爺問。

「要說吧，看起來又不怎麼嚴重。」

「怎麼這麼說呢？」爺爺側頭問道，樣子像一個探案的警官。我見他們倆要說許多，忙去給他們泡茶，耳朵仍集中注意力聽他們談話。

「大前天那孩子還好好的呢。到了中午就開始睡覺，那時他奶奶抱著他在我院子裡曬太陽。那孩子平時挺調皮的，隔壁左右的人都喜歡逗他，但是那天我見他就躺在他奶奶的懷抱裡睡覺，誰逗他都不理。我當時就想，這孩子是不是走家了？」金香阿姨停下，接過我泡的茶說了聲謝謝。我後來才知道，我們那裡很多稍上年紀的人都知道「走家」這回事。

爺爺也接過我遞的茶杯，問道：「那你當時怎麼不跟他奶奶說呢？」

「這事怎麼能隨便說！」金香阿姨揮手道，像是在驅趕一隻蒼蠅，「說得好就好，說得不好，萬一那孩子有點別的毛病，他奶奶還要怪我亂說造成的呢。這好話說一萬句不多，壞話說一句就記心窩。」

爺爺嘆氣道：「也是。人都這樣。」

「可不是嘛，」金香阿姨說，「要是我當時說了，他們還要怪我說出病來的呢。」

8

金香阿姨喝了一口茶，將茶杯放下，說：「我當時見那孩子睡得像死了一樣，他奶奶也抱怨了兩句，但是沒有放在心上。後來睡到晚上了還不見他哭著要喝奶，他奶奶才慌了神。」

我插言道：「怎麼不叫醫生？」

「他奶奶叫了醫生。醫生說沒有病，睡到醒了就好了。可是等了一陣，他奶奶去看孩子時，發現呼吸很弱了。鄰居聽說了，勸他奶奶快送醫院去。他爺爺和他奶奶當晚就把孩子送到鎮上的醫院。鎮醫院又轉到縣醫院，再從縣醫院轉到省醫院，兩天換了五家醫院。家家醫院都說治不了，查不出病。最後在專門的婦女兒童醫院也是這樣。」金香阿姨講得唾沫橫飛。

「咳，他奶奶應該知道置肇呀，都六七十歲的人了，這點都不知道嗎？」爺爺搖頭道。

「孩子到了醫院後，也有人勸他奶奶去找四奶奶拜拜土地公公，或者置肇。可是他奶奶不信，說現在沒有科學治不了的。」金香阿姨說。

「有些病確實醫學可以解決，但是有些醫學解決不了的，置肇可以試著用用嘛。」爺爺似乎在當面責備孩子的奶奶。

我在旁邊聽了幾次「置肇」，忍不住問：「爺爺，你說要怎麼置肇才可以啊？」

金香阿姨搶答道：「用一張四方的紅紙寫下走家的孩子的生辰八字。剪下孩子的十個手指上的指甲和十個腳趾上的指甲，還有頭頂的一撮頭髮，用紅紙包好。然後丟到燒磚的窯裡燒掉。要燒得徹底。」

爺爺點頭道：「是的。要是附近沒有磚廠，也可以在自己家裡燒開一鍋油，把包好的紅紙放到油裡煎，一直煎到指甲頭髮都化解在油裡。只是這樣速度比較慢。當然了，要是周圍有鐵匠鋪，打鐵的火爐溫度很高，可以把它悄悄擱到燒鐵的火爐裡，但是不能讓打鐵的人發覺。」

聊了一會兒，金香阿姨茶喝完了，說家裡還有其他事便離去了。

爺爺拉拉我的衣角，悄悄問道：「亮仔，你們村裡有和這個孩子同齡的嗎？」

我見爺爺一副神秘兮兮的樣子，不以為意。「怎麼？」我問。

「這尅孢鬼害完一個孩子後，會找年齡相近的再下手。跟那個孩子出生日期越接近的越有可能被尅孢鬼跟上。你堂姐的孩子是在這裡死掉的，尅孢鬼一定還在這裡。」爺爺一口喝盡剩下的茶，說道。

「三湘叔的兒子跟堂姐的兒子是同年同月同日出生。」我說。三湘叔家離我家不到兩百米距離。堂姐的兒子經常和三湘的兒子一起玩耍，好像還挺投緣。

「那就很可能接下來找三湘的孩子了。」爺爺說，「好了，看來我要在你家多住兩天了。你爸媽大概要很晚才能回來，我們先睡覺吧。」

當晚我在朦朧的睡眠中聽見爸媽回來開門的聲音。

第二天吃早飯的時候氣氛很不好。

「哎！好好一個孩子就這樣沒了。」媽媽嘆氣道。

我問：「堂姐一定很傷心吧。」這個堂姐在我小的時候對我很好，我很為她傷心。

「可不是。」媽媽放下筷子，「我們去的時候，她家裡亂糟糟的。你堂姐躺在床上打點滴，身上冰涼，像死了一樣。你姐夫用腦袋撞牆，說不想活了，五六個人才拖住。按照習俗，父親不能親手埋葬自己的兒子，也不能用棺材裝夭折的小孩。按照幾個老人的指點，幾個膽子大一點的年輕人用挑土的筲箕抬了孩子的屍體，準備埋到人跡罕至的深山老林裡去。孩子的奶奶抓住箢箕的繩子，任憑他人怎麼勸說就是不肯鬆手。她大聲哭喊，把我埋了吧，把我埋了吧，把我埋進坑裡就能換回他的命哪！讓我去見閻王吧，我去跟他說，用我的命換回孫子的命啊！」媽媽哽咽了一聲，說不下去了。

爸爸拍拍媽媽的後背。

媽媽眼淚盈眶地複述當時的情景：「你堂姐聽到聲音竟然從昏死中醒過來，從床上滾到地下，軟著身子爬到門口呼喊兒子的名字。孩子的奶奶見堂姐披頭散髮地爬出來，連忙回身去抱住兒媳婦。兩個女人抱在一起痛哭起來。孩子的媽媽再次昏死過去。抬箢箕的人乘機迅速抬走箢箕。」只有女人才能體會女人失去兒子的痛苦。

我後來又同幾個親戚去堂姐家看望她。我看見堂屋⑯裡的正面牆上高高

---

16. 堂屋：舊式民居的起居活動空間，一般設計在房屋中間，又稱「客堂」。因為平時敞開，有的地區又稱「明間」（臥室則稱「暗間」）。

掛著的孩子爺爺的遺像，那位老爺爺臉扯一絲微笑看著這個不幸的家庭。

媽媽說：「現在不怕和你說，你小時候也出過同樣的情況呢。」

「我？」我驚訝地問道，以前我從來沒有聽媽媽說過我也曾被尅抱鬼纏上。

「我以前不跟你說是怕你嚇到，現在就告訴你吧。」媽媽說。我疑惑地看看爸爸，爸爸閉著眼睛點點頭。

「還是爺爺幫你處理好的呢。」媽媽說。爺爺也笑著點頭，爺爺又燃了一根菸，煙霧在他的面部前方縈繞，像一個大大的問號。

於是媽媽給我講起我小時候遇到的同樣古怪的事情。

那時你才一兩歲，小孩子從五歲才開始記事，所以你現在不記得。那次我帶你去爺爺家，爺爺看你一副有氣沒力的樣子，就問你怎麼了。可是你也不回答他，一個人悶悶地坐著，一點也不活潑。

爺爺看了看你的眼睛和頭髮，又捏了捏你的手指，然後告訴我，這孩子八成是走家了。不過不用著急，靈魂剛走不久，還來得及救回來。

於是爺爺在紅紙上寫下你的生辰八字，什麼年什麼月什麼日什麼時辰，剪下你的手指甲、腳指甲還有頭頂的頭髮，用紅紙包好。

那時候我們村還沒有磚廠。你爺爺說，交給我吧。他拿了根菸就去了畫眉村的鐵匠鋪，假裝要點火，順手將紅紙包丟進了他們燒鐵的火爐裡。

你爺爺一回來，你的臉色就好多了。

當天吃晚飯的時候，打鐵的師傅找上門來了，質問你爺爺白天做了什麼手腳。

你爺爺就問打鐵的師傅怎麼了。

打鐵的師傅氣呼呼地說，我打了六年的鐵，技術已經相當熟練了，還沒有遇到這樣的怪事，今天一整天就是沒有打出一塊成形的鐵塊來。

9

我聽到媽媽講「生辰八字」的時候打斷她，問道：「什麼是生辰八字？」說實話，我以前聽到別人提到「生辰八字」不止百遍了，一直自以為生辰八字就是出生年月日這麼簡單。因為我們那邊算命又叫「算八字」。

其實跟我想的差不多，但是就這樣寫上某某年某某月某某日的話，那就糟了，即使燒化了指甲和頭髮也失效。

不單我們那個地方，整個中國都有國際日曆之外的另一種計算日曆的方式——陰曆，又叫農曆。單從名字就知道兩個計算日曆的差別。

紅紙上要寫的是陰曆，陰曆的年月日說法跟陽曆是不同的。不過很多現代年輕人知道陽曆但是不知道陰曆的說法。我先前也不知道，但是既然跟爺爺學了方術，就也要學習一些中國古代的文化。

假設我是陰曆 1985 年 10 月 14 日 5 點到 7 點之間出生，就在紅紙上寫下「乙丑冬月廿四卯時」八個字。而不是我先前想像的「八五一一一二四五點」這八個字。如是 12 月出生就得寫「臘月」，1 月出生寫「正月」。

聽了媽媽講述，我才明白爺爺先前說不能讓鐵匠發現原來是這個原因。不過我還是不相信那些指甲和頭髮有這麼奇怪的力量，使技術熟練的鐵匠打不出鐵來。在後面幾天跟爺爺一起捉尅孢鬼，我才相信它不僅僅只有這麼大的力量。

接下來的日子裡，我和爺爺就在家裡等待消息。這樣等待不好的消息滋味很不好受，總讓我覺得自己是幸災樂禍的壞蛋。

不過沒有辦法，像爺爺說的「人都這樣」。如果我跟爺爺提前去告訴三湘他的兒子有危險，人家肯定用掃帚將我們像趕烏鴉一樣趕出大門。

我和爺爺警覺得像兩隻貓，眼神偷看三湘的兒子就像偷看老鼠出洞沒有一樣。

終於有一天，三湘媳婦抱著孩子在我家坐。她跟媽媽話家常，爺爺和我也在旁邊。我偷偷注意那孩子，果然眼睛無神，兩耳發潮，頭髮黏在一起。我遞個眼色給爺爺。

爺爺笑呵呵地走過去，對三湘媳婦說：「這個孩子好可愛喲。看長得多好，又白又胖的，將來肯定是個享福的人。哈哈。」說著捏捏孩子的手指。

爺爺接著說：「你看這手指胖乎乎的，好逗人喜歡呢。」

三湘媳婦聽到誇獎，一臉的喜氣，馬上把話題轉移到自己兒子身上，說兒子多聽話，叫他喊叔叔就喊叔叔，叫他喊伯伯就喊伯伯，記性還好，喊了一次下次還記得，不會喊錯。

媽媽於是跟著她講她的孩子怎麼乖怎麼漂亮。

爺爺故意咳嗽兩聲。

媽媽從小在那樣的家庭長大，比別人多知道一些方術方面的東西，雖然因為是女性，爺爺沒有讓她學，但也略懂皮毛。媽媽瞭解爺爺咳嗽的含意。

媽媽假裝不經意地對三湘媳婦說：「你家孩子的睡眠還好吧？」

三湘媳婦說：「很好啊，就是最近更加愛睡，有時吃飯吃著吃著就睡著了。他正是長身體的時候呢，多睡可以長胖些。」她在懷中孩子胖乎乎的臉上捏一下，眼睛裡流露出無限愛憐。

我頓時想起我可憐的堂姐。

這可惡的尅孢鬼！

媽媽見三湘媳婦進了設下的套，便轉彎抹角說：「我的孩子亮仔小時候有段時間也這樣，一個路過的道士說，你的孩子是走家啦，快置肇吧。我開始不信，後來亮仔不愛吃飯了，我抱著試試的心情按照那道士說的做了置肇，亮仔果然好了。」媽媽很聰明地轉而說我，並把爺爺這個老實的農民說成了道士。這樣說既不傷害三湘媳婦，又有說服力。

我老師曾告訴我們班同學：「說話要看什麼人說什麼話，就像打麻將，要看牌打牌。」看來老師說的不假，如果我們去講，那場面會很尷尬。婦女與婦女之間溝通就簡單多了。

三湘媳婦聽了媽媽的話還是將信將疑。

「是不是我的孩子也是走家？」三湘媳婦問道。

其實擺在面前的情況很清楚，但是媽媽裝作不懂。媽媽假裝犯難地說：「這個我也不是很清楚呢，不過你按照那個道士留下的方法可以試一試，不管行不行都試一下，不是嗎？又不花你幾分錢，是不是？」

三湘媳婦看看懷裡的孩子，說：「也是。不管怎樣，試一試。說實話，我也有點懷疑他是不是生病了。如果置肇了沒有好，我再送他去看醫生。」

三湘媳婦勉強跟媽媽多聊了幾句，便藉口回家。

沒過多久，三湘跑到我家來，找到我媽媽。

三湘說：「我也說孩子這幾天怎麼了呢。剛才我媳婦回去跟我說孩子走家了。正在我家借雞蛋的金香把你侄女的孩子情況說了，我才慌了手腳。」

媽媽點點頭，邀他坐下。

三湘不坐，說：「到底怎麼置肇？你告訴我，我馬上按照你說的去做。」那時候我們村裡已經有了一個紅磚廠，窯洞裡一年四季沒有歇火的時候。

媽媽把置肇的方法給三湘說了，三湘急忙又回家。

當夜，三湘找來紅紙，寫上兒子的生辰八字，剪了手指甲、腳指甲和頭髮，包成一團便乘著夜色走向紅磚廠。

紅磚廠有專門的守夜人，防止附近的人偷磚。一口紅磚值三毛錢呢。三湘貓著腰在磚堆中間走，突然一個手電筒照到他。

「幹什麼的？偷偷摸摸。可不是來偷磚的？」守夜人是一個老頭，村裡人都認識。

三湘馬上直起腰來：「沒呢沒呢，走到這裡想撒泡尿，怕人家經過看見了不好，這不，到磚堆裡好藏身些嘛。您老這麼晚了還不睡覺啊？」

守夜人提著手電筒在三湘臉上照照，認出人來：「我睡了就便宜了鑽空子的人了。我睡得安穩嗎我？」

10

「您老不相信我？」三湘假裝憤怒道。

「不是相信不相信的問題，晚上最好少到這邊走動。缺了東西誰也說不清誰。」守夜人盡忠盡職。

「我真是來撒尿的。你看你看，我的褲帶都解開了。」三湘邊說邊解開褲帶。他知道老人眼睛看不太清楚，加上周圍黑漆漆的更是看不清。守夜人把手電筒的光移向三湘的下身，三湘已經眼疾手快地解開了褲帶。

守夜人見三湘的褲帶果然是開的，笑道：「我知道你不會偷磚。來來來，外面風大，到窯上去坐坐。陪我喝點茶抽根菸。」

三湘正是求之不得，連忙：「唉，好唉。」

守夜人走在前頭，三湘跟在後頭。

三湘邊走邊問：「這窯上就您一個人啊？也不派個陪伴的？」

守夜人說：「哪裡還有別人咯。除了我這個一天到晚閒著，身體還可以動的老頭，誰願意白天晚上顛倒著來看守這個磚廠？一天也就賺個菸錢。」

三湘心裡更樂了。

燒磚的廠房是兩層的結構，窯洞是第一層，裡面碼上整整齊齊的泥坯磚，然後把窯洞門封死。窯洞的上面有疏密合適的洞，燒磚的人就在第二層向洞裡添加煤火或者木炭。守夜人帶三湘去的是上層。

守夜人和三湘坐下後閒聊了許久，三湘都得不到機會向添煤的洞裡丟包好的紙團。萬一丟不準，被守夜人發現了可不好。

守夜人遞給三湘一根菸，說：「我這裡喝茶從來不需要自己燒開水的。」

「哦？」三湘一邊敷衍他一邊尋找機會。

「你看，」守夜人指著一把放在地上的水壺說，「把水壺往添煤的洞口一放，燒得比柴火還快。嘿嘿。」

三湘頓時計上心來。

「我不相信。雖然窯裡的溫度要比一般的火的溫度高很多，但是水壺和煤之間的距離比一般的要遠，不見得比柴火快哦。」三湘說。

他邊說邊走近那個水壺。

守夜人根本沒有防心，說：「不信你提起水壺看看，你一提開就會感到熱氣沖臉。」

三湘說：「真的嗎？」他把紙團悄悄捏在掌心，一手提起水壺，低下頭假裝窺看洞下面燒得通紅的泥胚磚，另一隻手很隱蔽地將紙團丟進洞裡。

他看見紅色的紙團在炙熱的煤炭間瞬間燃燒已盡，變成煤炭一樣的通紅，然後漸漸變小消失。三湘舒心地笑了笑，說：「嗯，真的很燙臉呢。就這熱氣都夠厲害了。」

守夜人一臉的得意。

第二天，磚廠正常上班。燒磚的工人將封死的窯門打開，卻被眼前的情景嚇住了！他們不敢搬出一塊磚，慌忙叫人去找廠長來看。

廠長也在窯門前目瞪口呆。窯洞裡開始原本是整整齊齊的磚現在垮得一塌糊塗，亂得如同戰爭年代被炸毀的房子，斷磚破磚到處都是。拿起其中一塊磚輕輕一敲，紅磚立即如炭灰一般粉碎。

「這哪裡是紅磚嘍！這比豆腐渣還爛！」廠長罵道，「就算火候掌握得不夠好，哪能把泥土燒成這樣舒軟呢。到底是怎麼回事？」廠長轉過頭來問燒磚工人。燒磚工人都搖頭。

這時，三湘在屋裡偷偷歡喜。他的孩子已經恢復了往日的活潑，手舞足蹈地在他懷抱裡折騰。

我問爺爺：「這下您可以安心回家啦！」

爺爺搖頭，點燃一支菸，說：「這尅孢鬼要想辦法收了，不然還會害別人。」

「收鬼？」我抑制莫名的興奮問道。提到收鬼，我立刻想到神話中托塔李天王用手中的那個神塔收服其他妖魔鬼怪的場景。

爺爺愁容滿面：「我不是專門的道士，收了鬼不知道放哪裡好呢。放在家裡不安全，放別人那裡又不放心。」

「收了的鬼是不是就像養寵物一樣可以玩啊？」我立刻打上了鬼主意。

「你想要？」爺爺打趣問道。

「捉鬼都不怕，還怕養鬼？」我仰著頭回答，一副雄赳赳氣昂昂的樣子。

「就怕你到時候不敢要。」爺爺說，「好了，你做一下準備，今天晚上我們去收服尅孢鬼。對了，晚飯別吃大蒜和辣椒啊。那個氣味大，尅孢鬼感覺靈敏，聞得到。」

好不容易盼到天黑，月亮如鉤。

爺爺問道：「你知道跟三湘的孩子年紀最接近的是誰嗎？」

我說知道。

爺爺問：「出生日期前後相差超過六個月嗎？」

我說沒有。

我問爺爺：「為什麼要問超過六個月沒有？超過六個月的尅孢鬼就不會去害嗎？」

爺爺點頭，說：「人從娘胎裡出來，叫做陽出生；人剛投胎到娘的肚子裡，叫做陰出生。陽出生和陰出生中間的時間，叫做空隙時間，剛好六個月。尅孢鬼就是沿著這個空隙時間按地理位置的遠近去挨個害人。所以只要知道被害的孩子周圍有沒有在空隙時間之內出生的其他孩子，就可以知道尅孢鬼的路線。那本古書上有說的，你還沒有看到吧。」

那時，我已經將古書翻了五六遍了，只是有些文言的地方不懂，所以理解起來很費時間。但是爺爺一點撥，我就知道這內容大概寫在書的第幾頁。

爺爺拿了一盒火柴，又叫我提了一個陶罐，便出發了。

爺爺要我指出在空隙時間出生的孩子所住的地方，然後帶著我在三湘的房子與那個孩子的房子之間來回地走，兩個房子之間有三四里的路程。

爺爺說，尅孢鬼隨時可能出現在從三湘家去另一家的路上，我們要把尅孢鬼攔截下來，並收進我手中的陶罐裡。

我問：「你帶一盒火柴幹什麼？是要抽菸嗎？」爺爺從來不在捉鬼的時候抽菸，所以我有些好奇。

爺爺左顧右盼，漫不經心地回答：「這火柴不是一般點火用的，到時候你就知道了。」

我等了一會兒，見沒有動靜，便百無聊賴地問爺爺：「尅孢鬼怎麼害小孩子的？」

爺爺說：「尅孢鬼也是小孩子的靈魂，它一個人很孤單，於是想把其他跟它差不多大小的孩子的靈魂帶出來一起玩。小孩子的靈魂跟它玩久了忘記回來，小孩子就有生命危險了。」

「難道沒有辦法讓它帶不走小孩子的靈魂嗎？」我想，尅孢鬼要害到其他小孩真是太簡單了，哪個小孩子不貪玩？

爺爺說：「尅孢鬼要拉走小孩子的靈魂也不是隨便就可以辦到的。它只能在小孩子不小心捽倒的地方趁機拉住小孩子的靈魂。這時，只要在跌倒的地方吐一口痰，或者呸一聲，或者罵兩句，它就不敢拉小孩子的靈魂了。」

11

我在沒有滿十二歲之前，媽媽叫我在跌倒的地方呸一口，甚至對著絆倒我的石頭踩兩腳。我原來一直不理解，現在終於知道緣由了。

我們那一帶地方，只要你看到小孩子跌倒了，如果媽媽在身邊，最先的動作不是扶起孩子，而是對著跌倒的地方罵兩句，然後再扶起孩子。這似乎成了那些媽媽的條件反射。我原來以為這些當媽媽的溺愛孩子，故意在孩子面前罵石頭，藉以安慰孩子不哭。

我問：「爺爺，我們在三湘家門口等不就可以了嗎？何必這樣來回走，多累啊。」

爺爺仍然警覺地看著其他方向，說：「這尅孢鬼走得很慢，一天走不了半里路。並且它只在晚上走，白天不走。所以它可能在這段路的任何一個地方出現。每種鬼有每種鬼的特徵，尅孢鬼的特徵就是這樣。」

我說：「那它走到半途到了天明怎麼辦？」

爺爺說：「路邊的大石頭下面可以讓它容身。每一塊石頭的陰影都是容身的地方。等到太陽落山，它會繼續出來尋找空隙時間出生的小孩子。人到十二歲，靈魂才會比較牢固，尅孢鬼拉不走。」

就在這時，我突然聽見背後有淅淅瀝瀝的聲音，像是一個瘸了腿的人拖著一隻腳走路。爺爺的眼睛越過我的肩頭，目光炯炯：「來了，亮仔，快拿好你的陶罐！尅孢鬼出現了。」

我心頭一驚，轉過身來，看見一個怪物！

尅孢鬼個頭矮得如同一個小孩，臉部為醬紫色，嘴唇蒼白，耳朵如倒放的蘑菇。再看那眼睛，既沒有白色珠子也沒有黑色瞳孔，整個如一塊透明的玻璃球，甚是恐怖。眼睛對著那玻璃球看去，彷彿看見一口無底的枯井般陰森。

它緩慢地向我和爺爺走來，我想躲閃已經來不及。

爺爺拉住我的手，小聲說：「不用躲。它的視力特別差，只能看見三米見方的距離。它現在看不到我們。」

我注意看看尅孢鬼的表情，果然似乎沒有發現我們，它仍自顧自地緩慢移動，兩隻腳大得嚇人，卻走不動似的搖搖晃晃。再看它的手腳，竟然像鴨子的腳蹼，手指之間腳趾之間連著薄肉！

它唯一好看的地方是鼻子，嫩白而堅挺，如同白玉雕飾的。

它走出石頭的陰影，我看見它屁股後面還拖著一根草繩。草繩從腰間懸掛下來，在地上還拖著半米。

爺爺細聲說：「看到那根繩子沒有？那就是它拉走小孩靈魂的工具。待會兒我捉住它的時候，你要把那根草繩扯下來。知道嗎？」

我點點頭。

「你就站在這裡，把陶罐放地上。」爺爺說。

我按照吩咐自己站在路邊，將陶罐放在路中央。爺爺掏出火柴劃燃，然後將冒著微火的火柴往陶罐裡一扔。此時尅孢鬼離我們不到十米的距離。我急得手心出了汗。雖然爺爺說它的視力聽力不好，可是看見它那副恐怖的相貌就汗毛直豎。瘦成一條線的月亮更是增加了陰森的氛圍，月亮細得如天幕被鋒利的剃鬚刀劃了一個口子。它周圍被照亮的浮雲像激流一樣穿梭而過。

丟出的火柴落進陶罐裡熄滅了，一縷瘦弱的煙從陶罐口飄逸而出。

「怎麼不燃呢？」爺爺也有些著急了，「難道我哪裡弄錯了？」

我氣急敗壞地說：「火柴的火焰本來就小，你這麼一丟，不熄滅才怪呢。」

我看見尅孢鬼慢慢靠近我們，細小的月亮映在它的玻璃球眼睛上，反射出寒冷的光線。它屁股後面的草繩拖動地面的小石頭，弄出沙沙的聲音，令耳朵中如有小蟲蠕動一般癢癢。還有它的呼吸，呼哧呼哧的如哮喘病人。

爺爺重新劃燃一根火柴，把它捏在指間，眼睛盯著跳躍的火焰看了片刻，再次擲向我面前的陶罐。

這時，奇怪的現象發生了。火柴落進陶罐，熄滅了。然而不到一秒，一端燒成木炭的火柴懸浮起來，似乎陶罐裡有水將它托起到陶罐口。我來不及驚嘆，「噗哧」一聲，火柴復燃。我蹲在面前雙手扶著陶罐，臉上感到火柴的微熱。

「扶好陶罐，不要讓它移動。」爺爺叮囑道。

當尅孢鬼走到離我們不到五米的距離時，我明顯感到有一股力量在推動這個陶罐。火柴也燒到末端了。爺爺連忙又掏出一根火柴在它的末端連上，「哧！」第二根火柴的磷頭燒燃了，火焰頓時膨脹，隨即又復原成先前大小，仍輕飄飄地懸浮在陶罐口。

火焰似乎也能感受到目前的力量，火焰向我這邊傾斜，但是當時沒有一絲風。我曾聽說鬼看見人時，能看見人周身都是「火焰」，那是人的陽氣。所以當很多人在一起時，鬼會感到陽氣灼熱，不敢逼近。我猜想，這使火焰傾斜的應該是鬼的陰氣。歪道士經過我身邊時，我也感到臉上有絲絲的冷意。問問其他同學，都有同感。老師說如果誰跟歪道士太親近就會生病，因為他身上鬼氣太重。

當第二根火柴即將熄滅的時候，爺爺又在後面加一根，就這樣維持著等尅孢鬼靠近。

爺爺盯著微弱得似乎下一刻就要熄滅的火焰說：「這尅孢鬼有很大的能量，但是因為它年齡太小，百分之一的能量都發揮不出來。如果它能長到陳少進媳婦那樣的年紀，它的能量爆發出來是不敢想像的。」

我想起爺爺在出門前跟我說的話。我有些後悔要這個鬼做「寵物」了。如果能好好利用它的能量，那是再好不過的事情；但是萬一有個閃失，恐怕到時候，就是我收拾不了的場面了。

正當我走神的當兒，手中的陶罐掌控不住滑倒了。陶罐骨碌骨碌滾開去。尅孢鬼聽見突發的聲音，立即如受驚的兔子一般跳進路邊的灌木叢。

爺爺大喝一聲：「快追！」自己撒開腿追向尅孢鬼。

我馬上回過神來，跑出幾步抱起陶罐。火柴已經熄滅。

灌木叢裡漆黑一片，尅孢鬼在裡面鑽著跑，幾隻夜睡的飛鳥被驚動，拍著翅膀飛出來立即融入周圍的黑暗。爺爺在後面追。我忙向爺爺的方向追趕，心想完了，尅孢鬼這麼矮小，隨便往哪個地方一鑽，我們在一片漆黑中找它也太難了。

12

不出所料，追了一段，尅孢鬼忽然不見了。我心下叫苦，並且灌木叢中有不少的貓骨刺，刺得我的腿火辣辣地疼。

爺爺往前走了兩步，又緩緩後退。

「我們不找它了嗎？」我問道。

「退後一點，退出它的視線範圍。如果我們一味追趕，它就一直能看到我們在哪裡。」爺爺邊後退邊說。我跟著爺爺一起腳步往後挪。我心想，這大晚上的，萬一踩到躲在草裡的蛇，那就比碰到鬼還要糟糕。

四姥姥說過一個故事，講一個鄰村的男子誇口說自己的膽子大不怕鬼，人家就順水推舟，故意慫恿他在亂墳崗待一晚做證明。那男子果真在亂墳崗待了一個晚上，確實是證明了他的膽量。但是第二天人們在亂墳崗裡發現一條巨蛇盤旋在他的頭上，而那個男子面目被啃得一塌糊塗，不成人形，但是手腳還在動。有見識的老人說那是專在墳墓裡吃屍體的蛇，名叫「窟蛇」。當然「窟蛇」是方言，我到目前為止還沒有親眼見過那種蛇，所以不知道那種蛇的學名。眾人不敢近前，只是遠遠地大聲吆喝，窟蛇才懶洋洋地鑽到一個墳墓側面的大洞裡。眾人急忙將他救回，但不久他便咽氣了。臨死他用被啃掉半邊的嘴說：「我確實不怕鬼，但我怕蛇呀！」

捉鬼一般只能晚上行動，但是很多影響捉鬼的因素並不只是因為鬼。真是想到不好的，便碰到不好的。我的後腳跟踩到一個軟綿綿的蠕動的東西。我渾身一抖，不禁大聲尖叫：「蛇啊！」那東西猛地一縮，將我拽跌倒。在摔倒的時候，我仍死死抱住懷中的陶罐，生怕它碰碎了。爺爺後來說我的暗中意識很強，是塊捉鬼的料。比如這次捉鬼，如果沒有死死保護好陶罐而是讓陶罐摔破了，那麼後面我跟爺爺都會死在尅孢鬼的鴨蹼一樣的手下。

軟綿綿的東西被我踩疼了，甩起尾巴打在我的手臂上。我的手臂立刻像被刀劃開了一樣劇疼。

我撲在地上轉過頭來一看，正是尅孢鬼！原來它已經躲到我們後面了。打我手臂的「尾巴」正是它屁股後面像草繩一樣的東西。我看清楚了「草繩」，它像蠍子的尾巴，末端彎彎地勾起來。

尅孢鬼的眼睛盯著我，似乎很憤怒。我看見它的玻璃球眼睛裡似乎有一股半透明的液體在流動，像個漩渦。

「不要對視它的眼睛！」爺爺在我身後喊道。

可是來不及了，我的眼睛被它的玻璃球眼睛吸住了似的移不開，那個漩渦漸漸加速旋轉，越轉越快。我的身體鬆弛下來，恐懼不見了，警覺也沒有了，渾身的神經麻酥酥的失去知覺。我就那樣看著它的玻璃球眼睛，感覺我整個人像一根漂在水面的稻草一樣被那個急速旋轉的水渦吸進去。

我的腦袋彷彿要爆裂，胃裡不斷地翻騰，就像張開雙手旋轉了很多圈後的感受。我感覺地面在搖晃旋轉，一腳沒站穩跌倒了。躺在地上的我像要死了一樣難受，眼皮沉甸甸的要閉上。我感到背上的石頭像針一樣扎進皮膚。陶罐壓在身上如同一座大山那麼沉重，壓得我喘不過氣來。

我無力地喊：「爺爺。」聲音細微得自己都聽不到。我心想，這就是靈魂被尅孢鬼勾走的感覺嗎？

爺爺快步衝過來，抓起我懷中的陶罐。很奇怪的是那個時候我還在暗示自己要保護陶罐，甚至爺爺要的時候我都不肯鬆手，可是那時我的手軟弱無力，陶罐被爺爺輕易地拿走。爺爺肯定不知道在他抓起陶罐的時候我還試圖用力摟緊它。

爺爺後來說我的心理暗示很重，這對捉鬼來說有好處，但是有時我又太過了。不過我的預感有時候特別靈，有時候卻差了十萬八千里。比如，在爺爺捉尅孢鬼的時候，我的腦海裡突然浮現箢箕鬼跟爺爺爭鬥的畫面，而我看著爺爺拿著陶罐去收尅孢鬼的時候，卻把尅孢鬼看成了箢箕鬼。

我覺得這是一個不祥的預兆，後來果然靈驗。我媽媽也有很強的心理暗示。那是兩年後的事情，那時姥姥（外祖母）剛去世，爸爸媽媽在畫眉村幫了七天忙回來。第八天早上，媽媽跟我們說她做了一個夢，夢見姥姥找她要雨傘。爸爸馬上說：「我昨晚從畫眉村回來的時候擔心下雨，順手拿了一把雨傘，恐怕就是她老人家的。」爸爸找出雨傘讓媽媽一看，果然是姥姥生前用過的。所以我猜想我的心理暗示來源於血緣關係。

當然了，當時我沒有想到這麼多，這些都是後來的想法。當時我渾身難受地躺在地上，在虛弱的月光下看見爺爺輕易地將尅孢鬼收進陶罐中。

事後我問爺爺：「你怎麼這麼容易就把尅孢鬼收進了陶罐裡？」

爺爺說：「我當時在你的背後，你沒有看見我彈出一根劃燃了的火柴打在尅孢鬼身上。」

我不信。劃燃的火柴在手中晃晃就熄滅了，更何況是用力地彈出去。如果說彈出去後再點燃，那就是爺爺在吹牛。

「你試一次給我看看。」我說。

爺爺掏出火柴，將火柴盒側立在右手並列的四指上，將一根火柴垂直立在火柴盒的磷面，火柴頭抵住磷面，大拇指輕輕按住火柴末端。然後，爺爺伸出左手，把卡在火柴磷面與大拇指之間的火柴彈出。火柴在空中飛行的時候還沒有完全燃燒，只冒出鞭炮引線一樣的火星。在火柴即將落地的瞬間，火柴燃起來了。

爺爺指著火柴落地的位置說：「當時尅孢鬼就在火柴落地的那個位置，我就是這樣彈出火柴的。信了嗎？」爺爺微笑地看著我。

爺爺接著說：「我本來想施法將尅孢鬼引進陶罐裡的。可是你沒有扶好陶罐。」

我強詞奪理：「你早就用這個彈它呀，不比施法輕鬆多了？」

爺爺說：「它吸引你的眼睛時有短暫的停頓，我也是藉著這個機會才能彈準它的鼻子。不然它有防備，我不可能這麼輕易收服它。」

「彈它的鼻子？」我再一次驚訝。

「是呀。不然你以為我彈它哪裡？」爺爺攤開雙手回問道。那個奇怪的火柴盒還握在他手裡。

13

爺爺說：「鬼越漂亮的地方越是它致命的弱點。你看畫皮就是為了美麗的外表往往落在捉鬼的人手裡。」

「你把它打死了嗎？」我問。

爺爺說：「沒有。它現在在那個陶罐裡。說了要送給你的，喏，它就在那個角落裡。」

我瞥一眼牆角，土黃色的陶罐放在那裡，陶罐口用一張紅紙蓋住。

「不過那個陶罐太大了，我給你換個小點的。它昨晚差點攝走你的魂。」

爺爺說完，拿出一個拳頭大小的瓷茶杯。

我回想起昨晚爺爺收服尅孢鬼後把我扛在肩膀上，還沒把我扛到家，我便迷迷糊糊睡去了。醒來就到了今天早上，明媚的陽光撲在我的臉上。身體並無大礙。

爺爺舉起瓷茶杯說：「我殺不了它，但是必須讓它威脅不到你。怎麼辦呢？」

我皺皺眉，根本不想要它了，於是故意刁難：「除非它是植物，才能既活著又傷害不了人。」

爺爺眼睛放出光來：「對。它必須是植物！」

我驚愕地看著爺爺，以為他腦袋燒糊塗了。

「其實我已經準備好了。」爺爺走到陶罐前面蹲下，手在陶罐裡掏什麼東西。拿出來一看，原來是一個帶有鉤刺的植物。

爺爺說：「昨晚回來的路上順便摘的。你猜這是什麼花。」

我認識的花很少，何況那還沒有開花。我說：「不知道。」

爺爺笑笑說：「這是月季。來，我把尅孢鬼附加到這個月季上，它不就害不到你了？嘿嘿。」

「將鬼附加到月季上？」我聞所未聞。我只聽說把遊魂收進道士的葫蘆裡或者和尚化緣的缽裡，卻從未聽說可以附加到植物上。

爺爺提來一桶水，用茶杯勺了小半杯，又拿來一根筷子在茶杯裡攪動。他抬起頭來說：「來，幫個忙。把桶裡的水慢慢倒進陶罐裡。要慢啊。」

我揭開紅紙，提起桶對準陶罐口慢慢傾倒。一縷似有似無的青煙從陶罐裡升起，這時爺爺勻速攪動筷子，茶杯裡的水形成漩渦，跟昨晚我看到的尅孢鬼的眼睛一樣。那縷青煙生到一米高的時候彎下來，向茶杯的漩渦中心前進。

青煙毫無阻礙的進入漩渦中，隨即後面的青煙跟著漩渦旋轉，形成螺旋狀，都進入水中。不一會兒，陶罐的水滿了，水溢出來。青煙也走得一乾二淨，全部進入了茶杯中。

爺爺將筷子丟進爐子裡燒掉，然後捧著茶杯走到屋外。我跟著他。爺爺從地面抓了一把鬆土撒在茶杯裡，水和泥和在一起，將月季直立放在茶杯中，然後又抓一把泥土蓋住月季的根部。泥土滿到茶杯口的時候，爺爺用手摁了摁泥土，使它緊一些。

「好了。」爺爺用紅紙抹去茶杯外面的髒土，把種好的月季遞到我手裡。我畏畏縮縮地接住。

爺爺慈祥地看著我說：「也許它以後能幫到你呢。尅孢鬼的邪性不是固定的，你好好照護這個月季，也許它會報答你呢。要知道，小孩子的邪性容易生成，也可以感化，尅孢鬼就是鬼中的小孩子。」

我似懂非懂地點頭。

「你看，它現在還在生氣呢。」爺爺樂呵呵地看著月季。

「你怎麼知道它在生氣？」我抬起頭問。

「你也可以知道。它的刺生出小鉤時就是生氣，它不生氣的時候就算你摸它的刺也不會被扎到。」爺爺說，「如果這個尅孢鬼的怨氣消失了，這個月季就會開花。」

「那時它就離開月季了嗎？」

爺爺點頭。他用兩個手指捏住月季上的一根刺，溫和地安慰道：「不要生氣了，小子。」說話的語氣像在安慰一個活生生的小孩子。

爺爺走後，我將月季放在窗臺上，晴天的時候移到外面曬曬太陽，偶爾給它澆澆水。這件事情只有我和爺爺知道，連媽媽都不知道我的這個月季跟尅孢鬼有關。

有次晚上我做了夢，夢見尅孢鬼的鼻子上有一個黑點，它氣憤地向我訴苦，說爺爺燙壞了它唯一好看的鼻子。我問，怎麼幫你弄好？它說，明天醒來你會看見月季上長了一片黑色的葉子，你把它摘掉就好了。

第二天醒來，我跑到窗臺去看，果然一片葉子黑得如潑了墨，我用剪刀把它剪下丟掉了。當天晚上，它又來到夢裡，我看見它的鼻子變成像第一次見它時那樣漂亮。我翻看了《百術驅》，裡面講述了尅孢鬼形成的原因。從古代到我讀初中那個時候，很多地方的封建思想還很深，重男輕女的現象很明顯。有的家庭不生出一個兒子就會被村裡的所有人看低，而做媳婦的在家裡也沒有地位，要受丈夫和婆婆的氣。於是有些狠心的爹娘見生下來的是女嬰，便立即在床下的尿盆裡浸死，然後丟到糞坑裡爛掉。有的這樣浸死了七八個女嬰才得一個兒子。

所以尅孢鬼絕大多數是女嬰形成的。它拉走小孩子的靈魂是因為它嫉妒。不過，它也有害成年人的時候。成年人的靈魂比較固定，尅孢鬼拉不走，但是它會用另外的辦法。四姥姥說過，有一個年輕的男子跟一個年輕的女子有了肌膚之親，但是那女子肚子大後他卻不承認。那時思想還比較保守，那女子不好意思到醫院去，偷偷把孩子生下來後浸死在盛滿水的洗臉盆裡。當天晚上，那個年輕男子挑著一擔木柴在那女子家與自己家之間來回跑，一刻也不歇息。路上的人問他他不答，攔住他他打人。

他就這樣來來回回跑到第二天早晨，累死在半路上。

有人說是他的女兒變成了尅孢鬼來報復不承認她的親爹。

還有李家村也出現過怪事。我們上學如果想走近道，可以經過李家村。李家村的村頭有一棵五六人合抱的老樹，老樹底下有一間漂亮的紅磚平房，但是從我們上學那時候開始，房子裡就沒有人居住了。

李家村的同學說，原來這裡是有人住的，但是李家的新媳婦一連浸死了七個女嬰還是沒有生出男孩來。有一天晚上，李家村的所有人都聽見那間房子裡傳來一群女孩子的哭聲，第二天早晨便發現那一家的妻子丈夫公公婆婆都死了。

同樣地，在我們還意猶未盡的時候，他就停頓了。

我感嘆道：「如果所有重男輕女的父母或者爺爺奶奶能聽到這個故事，

那該多好啊！」

另一個同學說道：「其實現在還是有很多人重男輕女啊，以前剛剛實行計畫生育的時候，出現了許多超生游擊隊⑰，就是為了所謂的『傳宗接代』、『繼承香火』。現在或許還有做爸媽的或者已經成為爺爺奶奶外公外婆的他們，還抱有那種思想。」

他笑道：「好啦，今天晚上的故事就講到這裡了。想要聽故事，下一個零點的時候再來。」

17. 超生游擊隊：中國有著根深蒂固的重男輕女思想，不少人特別是農村的農民，為了生男孩而捨家棄田，拖兒帶女四處流浪，以躲避計生人員的監管，為此被人稱為超生游擊隊。

殺人話

14

滴答，滴答，滴答。

湖南的同學擺正了姿勢，儼然孔子說道一般：「眾口鑠金，積毀銷骨。這個大家都知道吧。今天要講的故事，與這句話有關。」

我們頓時興奮不已。

他開口了……

本以為收服了尅孢鬼，我和爺爺可以休息一段時間。沒想到我給那個月季才澆兩次水，別的地方又發生了不可思議的怪事。事情發生在一個叫洪家段的地方。

我奶奶（外婆）的娘家就在洪家段。就是在收服尅孢鬼過後三天，洪家段有個老人過六十大壽，這個血緣關係七彎八彎，居然和爺爺也算一門親戚，自然我也沾親帶故地連上了一點關係。媽媽說自己不想去，於是叫我跟奶奶一起去洪家段。等我一人跑到畫眉村，奶奶也不想去，於是推我跟爺爺一塊去。

我心想，這下糟糕了，如果媽媽跟爺爺或者我跟奶奶，去哪裡都沒有事，如果是我跟爺爺搭檔，走到哪裡要是不碰到鬼，鬼自己都會找上門來。一到洪家段，我的預感果然就靈驗了。

十幾年前的農村，說走親戚，其實就是送點人情吃餐飯，熱鬧熱鬧罷了。要熱鬧當然要人多，所以那個六十歲的老人把凡是認識的、能扯上一點親戚關係的都請來了。酒席鬧哄哄的，滿座沒有一個認識的，爺爺連那個滿六十大壽的老人都不認識，更別提我認識誰了。但是一把大壽的老人做為紐帶一講，兩個素昧平生的人卻是親戚！

座上有一個叫洪大剛的粗漢子，死皮賴臉要叫爺爺做表舅，要跟爺爺比誰吃的肥肉多，誰吃的肥肉油。爺爺拗他不過，只好假裝吃了兩口便告敗。洪大剛高興得紅光滿面，喝了口白酒，又拉桌上另一位比吃肥肉。

沒想到另一位對肥肉不感興趣，但對好看的女客感興趣。他拉著洪大剛的衣袖，指著另一桌的穿著性感的女客問道：「喂，這位表兄，那個女的長得不賴啊。身材多火爆！我經常在這個村裡賣箢箕，但是沒有見過這麼漂亮的女人啊！」

洪大剛見這個「表弟」對那個女客感興趣，立即興致也轉移：「那個女的好看是好看，但是你別打歪主意嘍。」

「結婚了？新嫁過來的？」他問道。

洪大剛又喝了一口白酒，拍拍他的肩膀，嘴巴湊近他的耳朵小聲說道：「新嫁來的是小事，問題是那個女的不是人，是鬼。」

「鬼？」那人以為洪大剛喝多了，光天白日的，這麼多人，難道還有鬼不成？

洪大剛敲敲筷子，吸引身邊幾個人說道：「那真是鬼。我們都不敢明說，怕她報復。背後早就傳開了，只有她蒙在鼓裡。村裡派人去香煙寺請和尚捉她，和尚說做完一場法事就過來。到時候要收服這個女鬼。」

爺爺聽了挺感興趣，問洪大剛：「你們怎麼知道她是鬼呢？」

洪大剛用油膩的手敲敲桌子，神秘兮兮地說：「表舅不是附近人吧？她是我們村一個外地打工青年上半年帶回來的，剛來的時候比現在還妖氣，她婆婆不喜歡她。那個小青年跟他娘吵了架又出去打工了，把這個女子擱在家裡。她婆婆天天罵她是勾人的女鬼，她也不吭聲。果然她來後不到一個月，周圍就死了好幾個男人。都是光著身子死在床上。而且……」洪大剛在鼻子前揮揮手，似乎在驅趕聞到的臭味。

「而且怎麼了？」爺爺問道。旁邊幾個人也被他的話吸引住，等著他把話說完。

洪大剛重重地嘆口氣，表情略嫌誇張地說：「而且他們的命根子都不見了。」他怕我們不相信，立即鼓著眼睛賭咒發誓：「我騙你們不得好死。你們也可以問我們村以及周圍住民，他們都知道的。只是你們千萬別讓那個女鬼聽到了。」

我們立即都瞟一眼那個身材誘人的女客。她正在專心吃飯，她的左右兩邊都沒有人坐，她似乎也不介意。她一手護住右手的袖口跨越幾個湯碗去拈一根芹菜，神態自若，表情自然，動作中透露出一種說不清的優雅。

酒席中人多而雜，到處都是幾個男人圍在一起敬酒，或者幾個婦女靠在一起談論孩子丈夫。我注意到她一個人獨行特立，跟周圍的人不打招呼不說話，甚至不給人笑臉。彷彿她不認識周圍的所有人，旁邊的所有人也假裝她是透明人一樣不理會，兩方都相安無事，這更使我覺得她就是游離在正常人中間的鬼魂。

但是不能忽略的是，經過她身邊的每個成年男人都趁走到她背後的短暫機會用意味不明的眼光打量她的身材，經過她身邊的每個成年婦女都故意在她看得到的角度面露鄙夷。

我問爺爺：「你說她真是鬼嗎？」

爺爺說：「我感覺到她身上發出的不同常人的氣息，你看她的額頭泛青，鬼氣很重。」

我馬上想離開這個地方，尅孢鬼盯住我的眼睛時產生的難受感覺令我記憶猶新。我試探著問：「爺爺，照你的說法，她是很不一般的鬼咯？你不是說越是漂亮的鬼越有缺點嗎？應該沒有尅孢鬼那樣難對付吧？」

爺爺說：「傻孩子，如果一個醜陋的鬼身上有一兩處好看的地方，那可能是它的弱點所在。可是像這個鬼，它能掩蓋它所有的醜陋，就顯示它的道行比一般的鬼深多了。看東西不能用想當然來理解。」

「啊？」我驚訝道，轉而央求爺爺，「我們這次不管它厲害不厲害，我們不要插手了，好嗎？他們說了已經請了香煙寺的和尚，和尚應該比我們會方術，用不到我們出手的。」

洪大剛聽到我們說話，哈哈笑道：「表舅啊，我也聽說你會捉鬼的方術。

不過這樣的女鬼還是讓和尚來捉比較好。萬一失手，怕有性命之憂啊。我意思不是說你不行，我是覺得和尚勝算大些，你沒有必要冒這個險。來來，喝酒喝酒！」

爺爺微笑著舉杯，說：「我只是好奇罷了。我雖然知道她身上有鬼氣，卻不知道她是什麼種類的鬼。話說我也捉了這麼多鬼了，如果這個不弄清楚，以後都睡不著覺了。不過我就是跟你們一起看看，捉鬼還是由你們請的和尚來。嗯，這個白酒味道不錯啊。」

我聽了爺爺的話呼了口氣。不過，爺爺要留下來看和尚捉鬼我不反對，因為我也好奇呢。

15

爺爺又問洪大剛道：「你們都說是那個女的害死了人，有誰親眼看見嗎？」

洪大剛鼓起因為酒氣而變紅的眼睛：「當然有了，沒有我能說這話嗎？我們村的洪春耕就是被害者之一，幸虧他機靈，逃脫了危險。他是唯一的倖存者。其他死的人我們不能翹開嘴問他是誰害死的，但是活著的見證人自己會說話。不信你去問問。不過我說表舅啊，你最好不要管這事，恐怕她知道了會連你都不放過的，還是等香煙寺的和尚來收拾這個女鬼吧。你瞧那騷樣！不是女鬼也是半個狐狸精。」

那個女客正側過身來繫鞋帶，衣服的領口很低，在她彎腰的時候能夠看到微微露出的豐滿的乳房。

洪大剛咽下一口口水，說：「媽的，這打工仔還挺有豔福，可惜不知道自己的媳婦是個女鬼，還是個勾引男人的女鬼。」

從我的這個角度還能看到那個女客的半邊瓜子臉，眉毛細長，眼睛清澈，嘴唇朱紅，皮膚白皙。她那繫鞋帶的手指如蔥，嫩白細長，在鞋面上輕快跳躍，似乎那不是繫鞋帶而是在彈奏鋼琴。

旁邊幾個人也連連嘆息可憐了一副好身材和好長相。

從酒席上下來，洪大剛的話仍滔滔不絕，熱情地拉扯同座的客人到他家裡一坐。一桌坐八個人，我和爺爺還有其他五個客人見洪大剛盛情難卻，便跟著去他家喝茶談話。

他家離辦壽宴的地方不遠，半途碰到一個兩腿叉開走路的人。

洪大剛欣喜向大家介紹：「你們運氣好啊，剛好碰到洪春耕。叫他告訴你們，我說的話是不是胡編亂造。」他又高興地向洪春耕打招呼：「來來來，春耕哪，我們這裡來了幾個遠房親戚。幫我陪陪客人。」

洪春耕長了一臉的橫肉，兩個眼睛小得瞇成一條縫，手背上青筋突出。他說：「陪客人是可以，但是不能陪酒。我這下面撒尿還會疼呢！辣椒也不能吃了，真他媽受罪！」

洪大剛和幾個客人聽了他的話哈哈大笑。

洪春耕跟每一個人客氣一陣子，便一起到洪大剛家。

剛坐定，便有人打趣洪春耕：「你撒不出尿也比那些丟了性命的強啊。」

洪春耕笑道：「那是那是。好歹我還留了根在。他們那些人到了陰間還少一塊肉呢。」

眾人哄笑。

洪大剛立即揮手道：「小點聲，萬一那女鬼經過我家聽到了可就麻煩了。」

待眾人轉移話題時，洪大剛又主動提道：「春耕，他們不信我的話呢。你給他們講講你遇險的情況。我這位表舅也是捉鬼的行家，對這個感興趣。」

洪春耕禮貌地學洪大剛稱爺爺「表舅」。爺爺點頭笑笑，遞了一根菸給他。

「說起這事啊，我到現在汗毛還能豎起來。」洪春耕點燃煙。而其他人立即被他的話吸引住。洪春耕掃視了一圈，開始講述他的詭異經歷。

洪春耕是三十幾歲的單身漢，經常在外地做建築的包工頭。那女鬼的男朋友叫洪志軍，原來也在他的手下當過一段時間的瓦工。他倆私交也還可以。志軍把這個女的帶回來的第一天就介紹給春耕認識。那時候他就感覺這個女的很不一樣。

志軍跟他說，這個女的是他一起打工認識的，名叫傳香，姓李。

洪春耕問他傳香是哪個地方的。

志軍說不知道，他以前問過，但是傳香好像不願意提起。志軍也不強求，他說他這個憨頭憨腦的人能遇到這麼漂亮的姑娘已經是很大的福分。志軍說這話的時候流露出無限的得意，令春耕不停地往肚子裡吞口水。

在他們談話的過程中，傳香沒有說一句話，默默地坐在一旁喝茶，時而給志軍一個會意的微笑。兩口子表露出很親密的樣子。

洪春耕故意問道，你這女朋友怎麼不說一句話呢？太內向了吧？

傳香聽了也只是點頭笑笑，還是不開口，一味喝她的茶。志軍卻把話題扯到其他方面去了。

更奇怪的是，洪春耕把他們小倆口送走後，回身來收拾茶杯時，發現傳香的茶杯裡水還是滿滿的，根本就沒有動過一口！用洪春耕的話說，當時就嚇得丟了茶杯，差點在褲襠裡撒一泡尿。

他不知道該不該把這件事說給志軍聽，也不知道即使說給他聽了，他會不會信。萬一人家以為他三十多歲還沒有結婚，嫉妒人家志軍討了個漂亮女朋友呢。所以，他一直忍著沒有告訴志軍。

但是，從此每個晚上他都在夢中看到那杯滿滿的茶水，看見傳香變成紅眼白髮的魔鬼。經常半夜嚇得醒過來，出的汗把被子都打濕了。

他經常在早晨看見傳香兩三次從他門前走過，走過去後沒見她返回來卻又見到她走過去，好像有兩三個傳香按照前後順序經過他的門前。他懷疑傳香有分身術。傳香故意要露給他看，藉此威脅他不要向志軍透露發現的秘密，並且每次經過都給他一個很做作的笑容。

洪春耕在這樣惶恐的日子裡忍受著傳香的淫威。

後來一個晚上，他聽見志軍的娘罵傳香，說她是勾人的女鬼，要她從哪裡來的滾回到哪裡去，不要來害她的兒子。

洪大剛打斷他的講述，說：「那次晚上罵傳香，我也聽到了。不但我，村裡很多人都聽到了。」

有人問：「那可能是志軍她娘發現傳香不對勁了。老人家的眼睛看鬼比年輕人準。」

洪春耕丟掉指間的菸頭，用腳踩滅，接著講述。

既然志軍他娘發現了，我還怕什麼呢。洪春耕說道。

第二天早晨，傳香沒有像往常那樣經過他的門前。春耕猜想傳香受了老人的責罵，不敢出來威嚇他了。他便壯著膽子去找志軍，要把他知道的告訴志軍。

到了志軍家，春耕才知道，由於昨晚的爭吵，志軍連夜坐車走了。志軍的娘說她兒子賭氣出去打工了，把還未過門的兒媳婦扔在了家裡。

這時，傳香從屋裡出來，披頭散髮，衣服凌亂，肩膀和腰間露出白嫩的肉。春耕發覺她嘴角還有一點不容易發現的血絲，似乎吃了生肉沒有擦拭乾淨。

志軍的娘不答理她。

她見了春耕也沒有打招呼，旁若無人地翻了幾個抽屜，找到一把梳子。她拿著梳子回屋裡時，斜起嘴角給春耕一個鄙夷的笑。春耕明白那意思——你有膽量就說出來試試。

16

「那你說了沒有？」爺爺問。

洪春耕反問道：「我敢說嗎？」

洪春耕慌忙從志軍家撤回來，後背出了一層冷汗。

他拖著疲軟的步子往回走時，傳香卻在他前面攔住去路。他心裡納悶，傳香剛才不在裡屋梳頭嗎？怎麼這麼快到他前面來了？

春耕心裡一陣害怕，轉身想避開。

傳香柔聲喊道，喂，去哪裡呢？

春耕只好回轉身來。當時周圍沒有人影，只有晨風吹動樹葉發出「沙沙」的聲音，稍遠處有一陣旋風發出嗚嗚的哽咽聲。太陽還沒有發出陽光，蛋黃一般懸在空中，像溫柔的眼睛。

春耕說，當時傳香的眼睛也像太陽一樣溫柔，她那樣看著他，讓他覺得不自在。

今天晚上記得把窗戶留著。傳香說。

啊？春耕一時沒有反應過來，傻愣愣地看著傳香，嘴巴久久合不攏。傳香雙眼蕩漾著微笑。

聽者打斷他，笑說：「你是不是聽錯了？要留也是留門啊。留窗幹什麼？留窗看月亮？哈哈！」

春耕一瞪眼，說：「沒有聽錯。她說的每個字都像釘子一般釘在我腦海裡呢。怎麼可能聽錯？」

晚上，春耕睡覺前把窗戶的栓打開了。他說他不敢不打開。

春耕躺在床上後睡不著，兩眼望著外面的月亮，月亮像是被天狗咬了一口的月餅。白色的月光跳過窗戶落在窗邊的桌子上。正在他揣摩傳香白天說的話的意思時，外面起風了。

風穿過窗戶，吹到他臉上。一陣淡淡的魚腥味進入到屋裡。風捲著幾粒沙子進入了他的眼睛。他抓起被角擦拭眼睛。

等他擦去沙粒，睜開眼來，傳香站在他的床前，用白天那樣微笑的眼神看著呆呆躺著的春耕。春耕雖然知道她是鬼，但是見她並無傷害他的意思，便也沒那麼緊張。傳香穿著早上在志軍屋裡看到的衣服。豔紅的短上衣，淡紅的寬布褲，襯托出她凹凸有致的好身材。長髮散亂而妖媚，嘴唇朱紅而飽滿。春耕的喉結不禁滾動。

你到這裡來幹什麼？春耕問道，他努力使自己鎮靜一點。

志軍把我一個人丟在家裡，那個婆婆又不喜歡我。傳香說。

春耕明白她的意思，不禁一陣衝動。

「他媽的，實在太好看了，誰在她面前都會有想法，不光我。」洪春耕對聽眾說，要理解他的正常反應。

這樣不好，妳快點回去吧。春耕努力克制自己。

傳香坐在床沿，開始解開上衣的鈕扣。

春耕縮到床角，摟著被子說，這樣不好，志軍是我兄弟呢。讓他知道了不好。可是傳香不聽他的話，繼續解開胸口的第二顆扣子。

傳香脫下上衣，裸露的上身在月光下熠熠生輝。她對春耕微笑道，你知道我的事，但是你沒有跟志軍和他的娘說，不是對我有意思嗎？

她說著，伸出一隻手抓住春耕顫抖的手。

你要幹什麼？春耕慌忙掙脫她的手，渾身瑟瑟發抖。她的手像開水那樣燙，一股溫熱從她的指間傳到春耕的掌心，傳遞到春耕的每一根神經。

傳香朝他笑笑，說，一個大男人這麼緊張幹什麼？她又抓住春耕的手，直往她高聳的乳房貼去……

洪春耕三十多年來從未碰過女人的身體，傳香的動作確實使他嚇壞了。他雖未碰過女人的身體，可是在夢裡沒少幻想過。現在突然一個漂亮誘惑的女人坐在他的床邊，手裡還握著柔軟的一團，衝動再也控制不住，他如脫韁的野馬一般衝向傳香，把她撲倒在懷裡。

「你們要理解我，我也是成熟的男人啊，三十多年沒有……」洪春耕從往事中擺脫出來，用可憐的眼神看著大家。

洪大剛在旁不斷地點頭。其他人表示理解，迫不及待想聽下文：「又不是你主動的。她主動勾引你嘛。然後呢？」

此時我想起陳少進和蔣詩的那個夜晚。陳少進說他聞到屋裡有奇異的香味，使他渾身燥熱。我想那香味是不是蔣詩故意發出的，如果是她故意發出的，那麼，洪春耕的遭遇跟陳少進有異曲同工之妙。

洪春耕講到他的奇異之夜，雖然心有餘悸，但是沒有掩飾吞口水的動作。那動作和洪大剛講到傳香時一樣。

然後啊，洪春耕回憶道，然後我的雙手不聽大腦的控制了，把她的衣服扒了個精光。傳香也幫他脫去了衣服。

風從窗戶那裡吹進來，掠過洪春耕的出汗的背，使他感到後背有隻冰涼的手在撫摸。但是此時快感已經代替了恐懼，傳香的嬌喘使他迷離如夢。這個夢，像他做了無數次的夢，但這是真實的夢。一想到這裡，他就興奮得肌肉痙攣。

月亮悄悄移動了位置。月光照到了傳香裸露的身體上，春耕看見傳香凝脂一般的臉上透出胭脂一般的紅暈……

月亮在窗外偷偷窺看屋裡發生的一切。

正當他感到自己的身體要爆炸的時候，他的下身感到一陣疼痛，似乎被什麼東西吸住，動彈不得。

他伸手去探摸。傳香一把抓住他的手。

越來越劇烈的疼痛使他感覺下身要離開自己而去，他甩開傳香的手，繼續朝下摸去。

在他抓到那個東西時，他的快感立即消失的無影無蹤，隨之而來的是恐懼。

他抓到一個潮濕滑溜的條狀物，那東西似乎是活的，在他的手掌中如泥鰍一樣扭動掙脫。他嚇得立即跳開。

什麼東西？他驚問道。傳香對他露出一個邪惡的微笑。

藉著月光，他看見一個舌頭形狀的東西在傳香的兩腿之間，如軟體動物一般蠕動！

春耕摸摸自己的下身，抬起手來一看，鮮血淋淋。陣陣的疼痛使他緊緊咬住牙關。

傳香輕輕靠過去，用光滑的皮膚磨蹭春耕，嬌聲道，還沒有結束呢，你怎麼就停住了？春耕連忙跳下床，順手舉起一把椅子朝傳香砸過去。

傳香迅速躲開椅子，飛身撲向敞開的窗戶。傳香的身體比窗櫺的空隙寬多了，但是這並不妨礙她從窗櫺間鑽出去。

瞬間，傳香像吹過的風一樣逃得無影無蹤。空房間裡只剩光著身子的春耕一個人。

春耕忙點燃蠟燭，查看他的命根子，那裡如摔倒時擦破了皮一樣。
他不知道她會不會還來，是不是就這樣放過他。

17

洪春耕講到這裡，大家欷歔不已，都嘆稀奇！
有人問：「她光著身子回去的，那麼衣服還留在你這裡咯？」
洪春耕點頭。
那人打趣道：「怎麼不丟掉？還留著做紀念吧？看來你還是對她有意思啊。」其餘人跟著訕笑。
洪春耕紅著脖子爭辯道：「丟掉？萬一她來找我討還衣服怎麼辦？我只

好收拾了藏起來，等她要的時候再給她呢。現在衣服還在我的衣櫃裡，平時動都不敢動它。」

那人繼續打趣道：「我看你是有心等豔福來臨。如果是我，我早把衣服燒了。你是不捨得哪。」

另一人搶白道：「別扯遠了。春耕，那女鬼後來又來找你沒有？」

沒有，洪春耕說。

事情發生後，鄰近幾個村陸陸續續有成年的男子死去，都是光身死在家裡，命根子不知去向。但是床單上沒有一絲血跡，屋裡也沒有蛛絲馬跡。不過被害者有同一個情況，就是被發現時房子的窗戶是開著的，並且，屋裡隱隱有一股魚腥味，彷彿哪個看不到的角落藏了一隻剖開的魚。

周圍人都開始懷疑這個志軍從外地帶來的新女朋友，但是誰也不敢找她對質，怕她報復。另外，傳香的行蹤確實詭異，經常突然出現在某個地方，有時在別人的菜田裡，有時在樹林裡，有時甚至在屋頂。

有一次，她爬到人家的屋頂遠望某個地方。屋頂的青瓦被她踩破了幾塊。房屋的主人以為哪隻大鳥或者貓爬上了屋頂，跑出來正要驅趕，卻發現是傳香。

房屋四周沒有大樹或者梯子，房屋的主人不知道傳香怎樣爬上去的，想叫她下來又不敢開口。當時傳香穿著短裙，房屋的主人從下望去看見了她的白色內褲。不過這個男主人對傳香有戒備之心，因為周圍已經傳開了——傳香是專勾引男人的女鬼，哪個男人對她有非份之想，她便會趁著他忘記關窗的夜晚飛到他的床上，在興奮的時候奪去男人的命根子。

這個男主人對傳香踩壞他的房瓦忍氣吞聲，站在下面走也不是，不走也不是。

傳香對著遠方望了一陣，低頭看見站在下面的男人，給他一個曖昧的笑。男主人保持著臉部表情的僵硬。

傳香看見屋簷下面的一堆碎瓦片，似乎有些不好意思。她踮起腳跳下來，落地時輕輕一蹲，居然安然無恙。

她拍拍衣服上的灰塵，也不給男主人道歉，便兀自離開了。

那個男主人在一次牌桌上跟洪春耕以及幾個牌友說了他看到的一幕。

其中一個牌友說：「傳香是鬼嘛，鬼的身子比人的身子要輕許多，所以跳下房頂也不會有事。」

還有，傳香的行動時間也匪夷所思。她經常飯還沒有吃到一半，突然起身跑出去，一段時間後回來，頭髮和衣服都很凌亂，像跟誰打了一場架，眼睛也紅紅的。當然了，洪春耕不可能跟他一起吃飯。這個事情是志軍的娘偷偷告訴其他人的。

志軍的娘還發現很多其他的異常。有一次晚上她聽見兒媳婦的房間裡傳來不堪入耳的呻吟。她拿了個掃把氣沖沖跑到兒媳婦的房間。

她的漂亮兒媳懶洋洋地從床上坐起來，用疑惑的眼神詢問婆婆。婆婆見她的被子中間拱起一團，猜想其他男人蜷縮在裡面，火氣沖沖地抓起被子一角拉起。被子底下沒有她想像中的男人，兒媳的一雙玉腿暴露無遺。

妳剛才在幹什麼？婆婆問道。為了破解自己的尷尬，她必須繼續發火。

嗯……

傳香從胸腔發出不耐煩的聲音，拉起被子蓋住身體，繼續睡覺。婆婆臉上紅一陣白一陣，沒有臺階下。

婆婆失望地走出門，在門外停了一陣，沒有聽到裡面有異常的聲音。可是，等她的腦袋剛剛回到自己枕頭上時，如水波一樣蕩漾的呻吟重新在耳畔響起。陌生男人的喘息聲如牛。那個晚上，婆婆沒有睡好覺，夢裡翻來覆去的畫面都是兒媳跟別的男人滾在一起。

第二天一大早，婆婆又聽見一起在池塘洗衣服的人講起，哪個村哪個男人昨晚突然死了。兒媳婦的房間也有悄無聲息的時候，那麼第二天就不會有新的噩耗。

「你說稀奇不稀奇？」洪春耕拍掌道。

「把志軍叫回來問清楚傳香的來源就好了。」有人說。

「志軍是跟他娘賭氣出去的，誰也不知道他去了哪裡。說不定短時間內不會回來呢。」洪春耕說。

洪大剛說：「等他回來就捨不得殺這個女鬼了。他肯為那個女鬼跟他娘鬧翻，肯定對這個女鬼是有感情的。」洪大剛端起茶，喝得嘩啦啦響，像牛在池塘邊喝水。

「也是。這麼個漂亮的媳婦呢。」洪春耕抹抹嘴巴上的口水，嘿嘿笑道。

洪大剛指著洪春耕的嘴巴笑道：「看把你饞的！人家二十剛出頭就有這麼個漂亮媳婦，你三十多了還打光棍，羨慕得流口水了吧。」

其他人又把洪春耕打趣了一番。

這樣談論了好長一段時間，外面天色有些暗了。我和爺爺還要走十幾里路回家。那時候從洪家段到畫眉村沒有客車，雖說那時已經有了三丈來寬的泥路，但是只能供拖稻草的板車使用。在上面騎單車都會硌屁股。

其他人也說天色晚了，紛紛告別。

在回家的路上，我問爺爺：「這個女鬼是什麼鬼？怎麼這麼厲害，害死好幾個成年男子了。我們以前碰到的那都算是小打小鬧的鬼了。」

爺爺點燃一支菸，吸得太急，嗆得連連咳嗽。

「我以前碰到過這樣的女鬼。」爺爺止住咳嗽，說道。

「啊？」我驚呆了。沒有想到把這個村子鬧得沸沸揚揚的鬼爺爺曾經碰到過。

「呵呵，在和你奶奶結婚前，這種女鬼也來找過我。」爺爺說，眼睛透出一種安祥的光輝。我知道，他連帶想起了許多年輕時候的事。許多人在年老時回憶年輕的歲月都會有這種眼神。

「你鬥過了她嗎？」那時年幼的我最關心的是好人與壞蛋爭鬥的過程中誰勝出了，那是最簡單的想法，從來不考慮複雜的人際關係和心理因素。

18

爺爺笑了笑，說：「那個女鬼呀……」

「我沒有跟她交手。」爺爺說。

「沒有交手？你那時候還不會方術吧？姥爹沒有教你？」我問。

「那倒不是姥爹沒有教我。」爺爺吞吞吐吐。

「那到底是為什麼啊？你放走了她，她會害別人的。」我打破沙鍋問到底。

爺爺把才抽兩口的菸揚手丟掉，深深吸口氣，再將煙霧一起吐出來，平淡地說：「你這個小孩子理解不了大人的心思。」

其實我是瞭解爺爺的心思的，因為我在學校喜歡上了一個可愛的女孩。她在我的隔壁班。每到冬天，她的臉紅得像秋熟的蘋果，令我的季節顛倒，思維混亂。我開始在課堂上分神，總把她想像成各種電影裡的女主角，而我是打敗多個情敵最終贏得芳心的男主角。在胡亂的想像中我是她唯一的保護者。

我想，爺爺既然做不了她的保護者，也決然不會成為她的傷害者。

「鬼中也有好鬼啊。」爺爺說，「她就是一個好鬼，所以我放了她。」

「好鬼？」我跟爺爺捉了這麼多鬼，還沒有遇見不害人的好鬼。

「我給你的那本古書上寫了：人有三魂七魄，魂靈而魄笨，魂善而魄惡。」爺爺有意岔開話題，我也理解，不再追問。

「魂和魄有不同？」我問。《百術驅》上有這個句子，我記得。

爺爺抽出一支菸放在鼻子上嗅兩下，又放回菸盒，說：「照道理，人死後三魂七魄都會離開身體，但是不會散開，聚集在一起的魂魄投入新的輪迴。可是有怨氣的人死後，如果惡念多於善念，魂想走而魄要留，三魂七魄散開來。魄留在體內形成有形體的惡鬼，比如畫皮、僵屍、筧箕鬼等；也有不居留在體內的魄，形成沒有形體的惡鬼，如尅孢鬼、迷路神等。」

「那你說的好鬼有哪些呢？」

「好鬼就是居留在體內的魂，或者單獨的魂。最好的例子是倒路鬼。」

「倒路鬼？」

「對。這個鬼《百術驅》裡是沒有記載的。《百術驅》是捉鬼的書，倒路鬼是好鬼，所以沒有捉的必要。」爺爺抬頭看看天色說，「這個好鬼以後跟你講。我們加緊趕路吧，你奶奶肯定在家等急了。」

我加緊幾步，說：「我們不管洪家段這裡的女鬼了嗎？」

「我們暫時不要插手。等香煙寺的和尚來處理吧，和尚來的那天我也會再來看看的。你安心在學校讀書，到時候我把情況告訴你。」

我不滿意地「嗯」了一聲。

我和爺爺走到一個岔口，左邊路通向畫眉村，右邊路通向一個叫龍灣橋的地方。

一陣鑼鼓聲傳來。誰這麼晚了還出來敲鑼？我疑惑地環顧四周，忽然看見前面走了一大隊人馬。前頭兩人一個敲鑼一個打鼓，緊接其後的是一個八抬大轎，轎子四角掛白紙燈籠。在後面跟著兩列人，有的騎馬，有的步行，有的舉旗，有的執刀。

爺爺連忙拉住我，沉聲喝道：「快趴下，趴到地上。它們過來了千萬別說話。大拇指和大腳趾點地。」

聽爺爺這樣緊張，我知道事出非凡，慌忙按爺爺說的趴下。大拇指和大腳趾頂住地面，臉貼著黃泥不敢出聲。

它們漸漸靠近趴在地上的我和爺爺。前頭兩個敲鑼打鼓的鬼眼珠全黑，沒有白色。抬轎的八個鬼眼珠全白，沒有黑色。那些轎子，燈籠，還有騎的馬，拿的刀，都是紙片做成，並非真材實料。

它們走到岔路中間停住了，鑼鼓聲也停住。轎子裡傳來嘶啞的聲音：「外面可有什麼異常？」

一個騎著紙馬的鬼朝四周看了看，回答：「沒有異常。」

轎子裡的聲音說：「那好，我們走快些。癩哈子等我去下棋呢。」

癩哈子我是認識的，不光我，這裡很多人都知道。他幼年失去雙親，幾歲時長了一頭的癩子，後來莫名其妙就好了，頭皮到現在還像燈泡一樣亮。可能是這個病傷害了他的腦袋，他一直瘋瘋癲癲，連伯伯嫂嫂都不認識。人們都叫他「癩哈子」。「哈子」在這一帶是笨蛋、傻瓜的意思。

癩哈子住在龍灣橋過去兩百米的一個茅草屋裡。他什麼活都不會幹，吃喝全靠周圍人接濟。

後來我問爺爺，為什麼鬼官要跟癩哈子下棋。爺爺說，一般清醒的人見了鬼會害怕，但是傻子不會。所以鬼願意跟他在一起。

鑼鼓聲重新響起，轎子啟動。它們漸漸離我們遠去。我和爺爺爬起來。

爺爺站住不動。我催道：「走呀。」

一根火柴劃燃，爺爺點上一根菸，說：「亮仔，我們還是回洪家段吧。這幾天先到那邊把事情搞清楚再說。」

「你不是說不參與的嗎？」我嘴上這樣說，心裡其實還是很好奇。

爺爺說：「剛剛過去的鬼官叫斷倪鬼。它是專管人間鬼的鬼官，平時不輕易出現。但是它來了這裡，肯定是有比較重要的原因。我估計跟洪家段那個女鬼有關。香煙寺的和尚不一定能收服那個女鬼，不然斷倪鬼不會親自出現了。」

「有這麼嚴重嗎？這個斷倪鬼可能只是來跟癩哈子下棋的呢。我們是不是想多了？」我這樣說有很大的原因是想安慰自己。古書上說，斷倪鬼是陰間懲戒司的官員，相當於陽間的警察局長。如果是一般的小鬼鬧事，自有懲戒司的小鬼來處理，要「警察局長」層級的鬼來親自處理的，肯定不是一般的小鬼。

我對爺爺說：「我們還是不要攪和這件事啦。我們的方術又不是特別厲害的那種，還是留給和尚和斷倪鬼他們處理吧。再說，我還要上課呢。」

爺爺呆呆地望了我一陣，遲緩地說：「好，好吧。我們先回去。」

爺爺當時答應了我不參與，可是等我在學校課堂上聽講的時候，他一個人去了洪家段。後來稍長大的我才知道，正是原來跟他沒有交手的女鬼使他對這件事特別關心。人在歲月的流逝中成長，身高相貌隨之變化。但是鬼不會隨時間的變化而變老。

比如我們想念某位已故的親友，只會想到他臨死時的相貌，而不會想到他跟自己一樣經過歲月的變化後的模樣。雖然我們自己已經不再是原來的相貌。

「它是鬼妓，前身是青樓女子，擅勾引之術。」這是和尚來到洪家段後說的第一句話。

19

爺爺跟我說，那個和尚的頭上有頭髮短茬，眉毛掉光了，個子不高，腳板卻很大，是平常人的兩倍大小，穿一雙麻布鞋。

和尚來到洪家段的那天下著濛濛細雨，和尚打著一把黑色油紙傘，像骯髒的樹葉堆裡浸濕了雨水生出的毒蘑菇。他的麻布鞋上濺了許多稀泥，褲子上滿是鞋後跟帶起的泥點。在洪家段很多人的期待裡，這個毒蘑菇從村口的寬泥路走進來。濛濛細雨給他增添了許多神秘感。

在和尚來洪家段的頭一天晚上，鄰村又有一個男人死了。他光著身子躺在乾淨整潔的床上，甚至被子沒有一個折痕，彷彿是死人自己死後把它抹平的。男人的媳婦剛好那晚回了娘家，第二天一大早聽見迅速傳開的噩耗，急急忙忙回家。

家裡擠滿了人，和尚站在人群的中央，默默唸佛。

她的男人平躺在床上，身上的每一寸皮膚都印上了女人的口紅。從口紅的形狀可以看出，那個女人的嘴唇相當豐滿。所有人第一時間自然想到了傳香。

男人的命根子不見了，下身傷口處敷著黃泥巴。黃泥巴敷得很仔細，沒有弄髒其他地方，變成黑色的血融在泥間，兩者結合在一起成為僵硬的塊狀。

這個可憐的女人頓時暈過去。

眾人圍上來，又是掐人中，又是灌湯。和尚撥開眾人，蹲下身來，往她的太陽穴「鏘鏘」地敲彈數下。女人醒過來，眼淚從眼角爬出來，無聲地哭泣。眾人看了心寒，一陣好勸。

「現在就去殺了她！」一個婦女咬牙道，「我們忍氣吞聲好久了，就是怕她。現在道行高深的和尚來了，我們不怕她了。早早除了這個女鬼！」

但是也有人不相信一個和尚就能對付如此兇惡的女鬼。一個年長的婦女問和尚：「師父啊，您有把握鬥過那個女鬼嗎？那個女鬼可厲害著呢，聽說她從四丈多高的屋頂上跳下來，腳都不抖一下。」

和尚笑笑：「你們不要擔心，我一個人就可以解決她。你們都在家裡等好消息吧。你們千萬不要摻和。我今天晚上就開始施法，你們不要在周圍偷看偷聽，最好在家裡待著，早早關門閉窗。無論聽到什麼都不要出來。」

爺爺著急了：「怎麼了？看都不讓看啊？」

洪大剛笑道：「我說表舅，你想偷學和尚師父的捉鬼術吧？」和尚剛到洪家段便聽說鄰村死了人的事，於是趕到這個村來看。爺爺和洪大剛也跟來。一同跟來的還有洪春耕和洪家段的幾個人。

「誰在殺魚嗎？」和尚嗅嗅鼻子，問道。

旁人解釋道：「前面幾個人死了屋裡都有這個氣味。」一股若有若無的魚腥味混雜在雨後清新的空氣中。

和尚點頭道：「鬼妓的氣息就是這樣。男人那東西不見了，肯定是鬼妓施伎倆奪走的。鬼妓的下身有舌頭形狀的肉體，專門吞噬男人的那東西。」

洪春耕馬上答道：「是呀，是呀。和尚果然厲害。那女鬼真有多餘的肉呢。」

和尚轉過頭來問：「你怎麼知道？」

洪大剛幫他解釋：「他就是被害人中的一個。不過他幸運多了，是唯一沒有丟掉性命的。」洪春耕連忙一臉討好地笑著朝和尚點頭。

「這鬼妓也只害好色之徒。如果男人的意志堅定，她想害你也沒有辦法的。」和尚冷笑道。洪春耕尷尬不已。

「如果是主動去找她，那更沒話說了。」和尚眼色犀利地盯著訕笑的洪春耕。洪春耕臉色大變，慌忙尋了個理由出去。洪大剛緊隨其後。

爺爺後來對我說，那時候他看出了一些異常。事情恐怕沒有洪春耕說的那麼簡單。

不過和尚怎麼知道洪春耕的事的，卻又讓人迷惑。和尚的法力可以說不遜於道士，但是掐算方面要遜色許多。和尚頂多能依靠手裡的佛珠預測凶吉，不能推算更多。

而且，和尚多圓胖，慈眉善目，所做的事情是勸人為善；道士多清風道骨，或依仙氣或附鬼氣，所做的事情是自我修真或者斬鬼除惡。總的來說，因為打交道的對象不同，和尚身上人氣多一些，道士身上鬼氣重一些。

歪道士的破廟周圍的雜草生長比其他地方快得多。老師說，這是因為歪道士身上陰氣太重，促使了破廟周圍的雜草瘋長。學校每隔幾個月就有一次全體學生參與的勞動課，勞動課不是在教室裡上課，而是出去拔草。老師帶領自己班的學生到分配的一塊地方清理雜草垃圾，美化校園和周邊環境。

破廟挨學校很近，也在我們美化的範圍內。被分派到破廟那邊勞動的學生會有很多抱怨。那裡的雜草長得比其他地方高，根莖比其他地方的也要粗，拔起來很費勁。

那裡的泥土也比其他地方要濕，很黏手。並且其他地方的泥土都是黃色的，破廟旁邊的泥土表面是黃色，但拔出來的底下的泥土卻是黑色的，像新鮮的牛屎。

破廟裡面的雜草不歸學校管，但是裡面的雜草卻少得可憐，雖然不曾見歪道士仔細打掃。

爺爺在洪家段看熱鬧的時候，我正在學校裡拔草。剛好我們班分配到破廟周圍拔草，我把字典裡能用的貶義詞全用在了歪道士身上。

爺爺說，和尚捉鬼妓的那天，洪家段的人們都早早關了門，他們大多數人不是待在家裡，而是聚集在剛剛辦完壽宴的那個親戚家。招待和尚吃喝也是在那裡。因為壽宴很多菜沒有用完，這樣既招待了和尚又不嫌浪費。

和尚吃完飯，向村民討要一個臉盆和一條毛巾。他在臉盆裡裝了一些水，從口袋裡掏出一包藥粉撒在水裡，攪和一陣，然後將手巾放在裡面浸濕，最後擰成半乾半濕揣在腰間。

爺爺也覺得新奇，他捉鬼從來沒有這麼多講究。

測。

眾人疑惑地看著和尚做完這一切，卻不敢詢問，只覺得這個和尚高深莫測。

和尚掃視眾人，知道眾人的疑惑，主動解釋道：「你們看見道士捉鬼要用桃木劍黃紙符，我也要東西，就是這個濕手巾。有什麼用處？我當然不能告訴你們。」他停頓片刻，補充說：「告訴你們也不懂。總之今夜過去，一切都好了。」

爺爺卻不這麼認為。

20

爺爺心頭疑雲重重，不放心地問道：「和尚師父，你就憑這個條毛巾能鬥過這個女鬼嗎？可不要小瞧了這個女鬼的實力呀。」
和尚斜著眼珠瞧不起似的看著滿臉溝壑的爺爺，反問：「你是誰呀？」
旁邊馬上有人幫忙解釋道：「這是馬師傅，平時也捉些鬼，不過不是專門捉鬼的。」
「哦。」和尚摸摸頭皮笑道，「原來是同行啊。幸會幸會。不過呢，說的不好聽些，捉鬼就像打仗，民間捉鬼的師傅再厲害也是打遊擊的，我們才是正規軍。」
其他人附和道：「那是那是。」生怕他一生氣轉身就走。
爺爺像吃了蒼蠅一樣難受，卻不敢再吭聲。
「那我就出發了，你們不要跟著。」和尚拍拍腰間的手巾，腳步穩健地跨出去。當一隻腳剛跨出門檻另一隻腳還在門內時，他卻停住了，歪著頭看看那個臉盆，說：「把臉盆裡剩餘的水倒掉，這藥雖然是殺鬼的，但是人碰了也不好。」

「唉，唉。」門內的人唯唯諾諾，只盼著他早點兒去收拾女鬼。

爺爺擠在人群裡，看著和尚頂著星光走出去。外面的世界很安靜，沒有貓頭鷹的啼叫，沒有蟈蟈的聒噪，沒有晚風的打擾。近處的樹，遠處的山，更遠處的星星，形成靜止的畫面，唯有這個和尚在一片寂靜中緩行。

那天晚上，我從學校拔草回來，累得骨頭散架。胡亂扒了兩口飯，給月季澆點水，便一頭倒在床上進入了夢鄉。

原來我有一種特殊的能力，我在做夢的時候能知道自己是不是在夢中。那時我進入夢鄉後會想，我剛剛不是才吃晚飯嗎？我不是剛剛洗腳躺在床上嗎？現在怎麼到了這裡呢？於是我咬自己的手指，看疼不疼。咬過手指還不能肯定，就閉上眼睛想像自己能不能隨手抓一個枕頭飛起來。手憑空一抓，如果真能抓到一個枕頭，心裡就有了八分的底，知道自己在做夢了，要是我把枕頭夾在兩腿間，喊一聲：「飛！」枕頭就帶我飛起來，那麼，我會很冷靜地告訴自己：我在做夢了。

於是我在夢裡拼命地喊：「爸爸，媽媽，我在做噩夢啦！」還用腳拼命地亂踢。我知道在夢裡的動作能使身體反應，雖然達不到夢裡那種效果。

媽媽跟我心靈相通，我在夢中折騰的時候，往往跑來打開電燈叫醒我的就是她。我常常懷疑，是不是我體內的血跟媽媽還連在一起，就像我仍是她肚子裡的胚胎。難怪爺爺說我心理暗示很強烈，這恐怕是最重要的證明。

可是隨著我的年齡的增長，我漸漸失去了這種特殊能力。（「哎，我也有過這樣的經歷呢！」我不小心打斷了他的講述。其他幾個同學立即朝我透射殺氣騰騰的目光。我急忙噤聲，聽他繼續講述。）

我想過為什麼。

人隨著年齡的增長，煩惱也隨著增多。比如我，小學初中幾乎沒有壓力，也沒有煩惱，即使一定說有煩惱，也是「少年不識愁滋味，愛上層樓。愛上層樓，為賦新詞強說愁」。上高中後要努力學習考大學，大學又要忙找工作。煩心的事很多，漸漸把原來的一點靈性洗得乾乾淨淨。

原來還有一個讓我自己驚訝的感知能力，就是經常在現實生活中做一件事時，突然記起很久前的一個夢裡做過同樣的事情，現在正重複著夢裡的事情。甚至，我知道接下來會發生什麼，比如一個人還在外面，我便知道他要進來。他進來後會對我笑，會說一句什麼樣的話，我都知道。

但是這個感知能力現在也消失了。那時我能記得很多做過的夢，有時第二天晚上接著做頭一天晚上沒有做完的夢。但是現在，我在夢中醒來便忘記了剛剛做過的夢，一點記憶的影子都沒有。

有個哲人說過，人就像一顆有棱有角的石頭，在生活這條河流裡待久了，便失去原來的棱角，變得圓滑統一，成為所有河床卵石中普遍的模樣。而我，也正在這樣的變化過程中。也許正是因為這樣，我在寫這個故事時有莫名的失落和感傷。

扯遠了，話題收回來。和尚捉鬼的那晚，我迷迷糊糊地進入了夢鄉。我在混混沌沌的狀態中慢慢清醒過來。睜開眼，我仍躺在床上，床邊站著一個人。

我知道我在做夢，因為床邊站著的人我不認識。
但是我不怕。我問道：「你是誰？」
「我是尅孢鬼，你的月季。」它笑著說，對我好像沒有惡意。「謝謝你一直來關照我。要不是你定時給我澆水，我早已經枯死了。」
我看看它，並不像我先前見過的尅孢鬼。它的容貌沒有先前那麼可怕，完全是一個小女孩的模樣。只不過頭髮有些凌亂，穿著一身綠色的連衣裙。它的臉色稍微有些蒼白。
「你原來的樣子不是這樣啊。」我懷疑道。
「我的怨氣正在你的培養下慢慢消失，容貌也跟著改變。」它說，「人也這樣啊，真正能讓人感到恐懼的不是面貌，而是心靈。」
我點頭，問道：「妳找我有什麼事嗎？」我仍然躺著跟它說話。
「我來是要告訴你，傳香不是鬼。你不要讓他們把她害死了。」尅孢鬼說。
「妳怎麼知道傳香不是鬼的？再說，她害死了那麼多的男人，洪家段的人能放過她嗎？」那時我還沒有跟爺爺溝通，爺爺也發現了一些異常。

「我說的是真的。如果可以，你去幫幫她吧。」尅孢鬼說，「還有，最近你自己也有危險。你要多注意一下。」

「我？」我驚訝道，「我會有什麼危險？」

「你還記得箢箕鬼吧？你去洪家段的那幾天，它來找你了。今天晚上它又來了，不過被我趕走了。不過我幫不了你幾次，我才被你爺爺收服不久，各方面還在恢復中。你看，箢箕鬼抓傷了我的手。」它抬起手來給我看，手背上五條鮮豔的血痕。

我心驚膽顫地問道：「它不是被爺爺禁錮了嗎？它怎麼逃出來了？」

尅孢鬼說：「我也不知道。你自己多注意。」說完，它消失了。我的眼皮沉沉的又合上，後面睡得很香。

次日早上起來，我看見月季的一片葉子上有五條裂痕。

「謝謝你。」我說。

21

可是，我不可能去洪家段幫傳香。因為我還要上課，還有一個原因是，呃……我開始給我喜歡的那個女生寫信了。我迫不及待地寫完信，透過好友送給她，又迫不及待地等待她的回音。這一切都是在避開老師的眼睛的情況下進行的，現在想來仍然驚心動魄，跟爺爺捉鬼的時候都沒有這麼緊張。

初中三年級的學生即將面對中考，老師們很擔心學生太早談戀愛。我們那個班導師把我們幾個成績比較好的愛徒集合在一起訓過話，警示我們不要為了青澀的幻想影響學習。但是那個班導師用的例子不恰當，他說：「你們以為我們學校那幾個被稱為『校花』的女生真漂亮嗎？」

見我們都低著頭不敢回答，他自己斷然否決道：「不是的！她們不是真的漂亮！你們還小，沒有去外面看過。我就去外面看了。那些廣州、成都的女孩子，那才叫漂亮！臉白嫩嫩的，能捏出水來！」

我們都明白他的意思，本校的女生只是在這小塊地方算漂亮的，如果放在更大範圍，她們就不算漂亮了。我們不應該為她們動心，我們要好好學習，將來去見識那些廣州、成都的真正漂亮的姑娘們！

最後，我們幾個他的愛徒還是把心思放在「漂亮姑娘」上。漂亮姑娘確實吸引人的注意。傳香就是因為長得太漂亮，而拒人於千里之外，才招致別人的抵觸。當然，這些都是後話了。

當時，和尚頂著星光走向志軍的家。

他敲了許久門，沒有人來給他開。志軍的娘以為兒媳婦又約了通姦的男人，不願起床開門。她對兒媳婦房間的淫聲蕩語習以為常，她從來沒有想過要這樣的兒媳婦，只等兒子志軍回來了趕這個騷娘們出門。即使兒子仍然不聽她的，她仍然堅持到底不要這個外地的女人，寧可跟兒子鬧翻臉。

傳香聽見敲門聲長久不歇，便披了塊衣服出來開門。

傳香打開門一看，一個和尚站在面前。還沒有等她反應過來，和尚便將一塊毛巾捂住傳香的口鼻。傳香立即頭暈目眩。

「你這個女鬼！看我怎麼收拾你！」和尚瞄一眼志軍的娘的房間，抱起不省人事的傳香往傳香的睡房裡走。

「這個騷貨！」志軍的娘聽到外面的聲音，狠狠罵道，一把抓住被子捂住耳朵睡覺。她不明白一向老實聽話的兒子怎麼就喜歡上了這個風騷的女人。

和尚將傳香扔在床上，眼睛流露猥褻。和尚解開傳香的上衣，兩個豐碩的乳房跳入眼中。

傳香有氣無力地乞求道：「不要，不要。」

和尚笑道：「他們都說你害死了那些男人，今天輪到我害你了。嘻嘻。」他一面說一面解自己的僧服。一條醜陋的刀疤顯現在他的胸前。

傳香弱弱地說：「我不是女鬼，你不要害我。」

和尚一下撲到傳香的身上，雙手亂摸。他開始拉扯傳香的褲子，喘息著說：「我知道你不是女鬼，如果你是女鬼，我還敢來欺負你嗎？嘻嘻，他們都是眼饞吃不到肉，便說這是碗壞了的肉。可是他們沒有料到我會來插一筷子。喂，妳這褲帶怎麼繫這麼緊呢。」

「你不要亂來，不然別怪我不客氣了。」傳香被他壓得喘不過氣來，呼哧呼哧地說。

「怎麼？難道你還真想拿走我的命根子？嘻嘻，妳說妳不是女鬼，怎麼拿走我的命根子呢？」和尚邊說邊先褪下自己的褲子。

傳香的手揮向和尚的下身。

「妳嚇唬我？」和尚怒道。然而，他的臉色馬上轉變了，驚恐地看著自己黏滿鮮血的下身。

傳香嘲諷地笑著看著驚恐非常的和尚，手裡揚著一把帶血的剪刀。原來她早摸到了縫紉用的剪刀。

「你來呀，你來呀。」傳香露出鄙夷的笑，一手抓起衣衫護在胸前。

「啊——」和尚一聲長嚎，嚇得屁滾尿流，慌忙逃竄，一路跌跌撞撞。他那被泥水弄髒的麻布鞋都跑掉了，光著腳丫跑得飛快。

志軍的娘聽見外面聲音不同以往，忙起來察看，走到兒媳婦門口，卻見傳香手持一把濺血的剪刀，立刻大喊：「快來人呀！殺人啦！」

在屋裡等待消息的人們聽見志軍的娘的叫喊，連忙都趕出來，以為和尚成功將女鬼除殺了。爺爺跟著他們急忙而欣喜的腳步跑向志軍家。

半路遇到光著身子跑丟了鞋子的和尚，他驚慌失措地撞在來人的身上，痛苦得臉變了形，哀求道：「快把我送醫院，不然我的命根子就保不住啦。」

幾個人連忙把他扶住，急急送到附近的鄉醫院。其餘人趕向志軍的娘的聲音傳來的地方。

大家闖入傳香的房間時，傳香仍然衣不遮體，一手舉著滴著鮮血的剪刀，呼吸急促，眼中的怒火熊熊燃燒。

十幾個男人先用饑渴的眼光打量傳香光潔的身體，然後才注意到那把鋒利的剪刀。

洪大剛喊道：「這個女鬼又害人啦！連和尚都不放過！大家一起上，打死這個害人的女鬼！」

他這一喊，十幾個男人立即衝上去。爺爺想阻止已經來不及。爺爺喊道：「大家不要亂來，事情還沒有弄清楚呢！」可是沒有一個人聽到爺爺的話。

幾十雙涎著慾望的大手探向傳香的身體，有的擰住她的手，有的按住她的腳，還有很多不老實的手故意碰觸到她敏感的部位。

「住手！」一聲嚴厲的吆喝。爺爺說，這個聲音當時鑽入大家的耳朵，像一隻迷失的螢火蟲飛入了耳朵，耳膜震得癢疼。那是一個定力十足的喊聲。

大家頓時停下，不知道這個聲音是誰發出的。因為這些人是同村的，相互之間的聲音很清楚，而爺爺的聲音也在這幾天的交往中可以辨別。

22

大家面面相覷，以為是幻覺，但是大家都聽到了，難用幻覺來勉強解釋。

「媽的。真撞邪了不成。」洪大剛罵道，「大家不要怕，她就是女鬼，她就是邪。剛才是她來迷惑大家的。大家不要怕。」說完呸一口痰在手掌，兩手搓搓，眼睛色瞇瞇地看著傳香。其他人也躍躍欲試。

「打死這個女鬼！」一個同來的婦女怒喝道。

立即，傳香手中的剪刀被奪下，傳香像頭母獅一樣吼叫。

「住手！」喝聲又響起。

爺爺這次聽清楚了，聲音從四面八方傳來，門外、窗邊、屋頂都傳來這聲吆喝。

大家再一次驚愕，傳香乘機掙脫男人們的手，蹲下嚶嚶地哭泣。

洪大剛仍不害怕，壯著膽子喊道：「我們這麼多人，怕什麼？就是真來一個鬼，我們也能把它摁倒！」說完又要走向蜷縮一團的傳香。

「你站住！」那個聲音怒喝。

洪大剛立即停住，移動不得。他驚恐道：「糟了。我的身體怎麼不聽使喚了？我怎麼走不動了？」

洪春耕在旁笑道：「你不是逗我們玩吧。它叫你站住你就站住啊。」

「你閉嘴！」那個聲音怒喝。

洪春耕一臉不以為意，嘴巴咧開說了一些話。可是別人聽不見他說了什麼。洪春耕這才驚恐起來，用手拍拍嘴巴，兩眼瞪得比燈籠還大。

「我是香煙寺的和尚，你們不要傷害傳香。有什麼問題，明天來香煙寺找我。南無阿彌陀佛。」那個聲音柔和下來。話說完，洪大剛恢復了行動的能力，洪春耕也能說出話了。眾人你望我，我望你，不知所措。

這時，志軍的娘態度發生了一百八十度的轉變。她趕出屋裡的其他人：

「我兒媳婦不是鬼。你們快給我出去，不要讓菩薩犯怒了。快走快走，就是她真是鬼，也輪不到你們來管。快出去，出去！」她張開雙臂，像趕走偷吃她家稻穀的雞一樣趕走屋裡的人。

大家被剛才的現象鎮住了，不敢再造次，慌忙從屋裡撤出。

「你老人家怎麼又說自己的兒媳婦不是鬼啦？」爺爺低頭問駝背的老人。

「出去，出去。」志軍的娘不聽，只是努力地把人們往外面推。

幾天後，我趁著週末跑到爺爺家，問傳香的情況。爺爺把那天晚上發生的事情詳細地告訴我。我聽得雲裡霧裡。

我問道：「傳香到底是不是鬼妓啊？怎麼一會兒他們說是，一會兒又說不是了？如果她不是鬼妓，那周圍的男人怎麼奇怪地死了？洪春耕還是見證人呢，他不是親身經歷了鬼妓害人嗎？志軍的娘不是也承認傳香是勾引男人的女鬼嗎？那個和尚又是怎麼回事？如果她是鬼妓，香煙寺的和尚為什麼救她？」

爺爺被我一連串炮彈似的問題轟得暈頭轉向。爺爺說：「你聽我把事情講完就知道了。你這麼多問題我一句話答不完。」

第二天，爺爺和幾個人去香煙寺找那個原來答應要來的和尚。洪春耕和洪大剛沒有去。爺爺覺得平時就數他們倆最積極，今天怎麼反而不來呢？爺爺的疑惑一閃而過，並沒有多在心裡逗留。

香煙寺座落在香煙山上，離洪家段有接近十里路的距離。這座寺廟不知建於何年何月，爺爺說姥爹的姥爹那時候就有了這個寺廟。

話說這個香煙寺，卻有另一段來源不得不說。這個來源的說法也不知道從何年何月開始傳播的。說是在香煙寺還沒有建立的時候，這座香煙山上只有一棵非常粗大茂盛的樹，山上其他的地方卻連根草都長不出來。附近的農民試著在這座山上開墾，可是種棉花棉花枯死，種土豆土豆乾死。你就是一天澆無數次水，它還是像旱災的年頭一樣顆粒無收。

這本來已經很奇怪了。

更奇怪的是，這棵樹終年不斷冒煙，像著了火似的。可是每一片葉子都翠綠欲滴，根本沒有半點火星出現。

於是，周圍的居民把這棵奇怪的樹當作神樹來供奉，逢年過節上山來拜。一時間，山上的香煙不斷，名字由此而來。

這樣不知過了多少個年月，一個穿得破破爛爛的化緣和尚路過這裡，看到了這棵樹。他摸了摸這棵樹，對祭拜它的百姓說，這是妖樹，你們不要祭拜它。

人們不相信。

和尚借了把斧頭，砍破了樹皮。樹流出的不是樹汁，而是紅色的血。人們不但不相信這是妖樹，反而以為是神仙顯靈，責怪他傷害了神樹。他們將和尚捆綁在椅子上，關進一個封死了門的屋子裡。

他們殺了畜欄裡的豬牛，把豬頭牛頭擺在桌上，抬到神樹前面供奉，祈求神樹不要怪罪。忽然，樹中飛出一個長鬚黃面手執拂塵道士打扮的人。他懸浮在半空。

樹下的人急忙都跪下磕頭，祈求神靈寬恕。

那人自稱樹神，要他們把那個和尚殺了。樹神說，那個和尚才是妖孽所化，故意來破壞神樹的。

人們立刻下山，打開關押和尚的房子，要把他拉出來立即處死。可是屋裡不見了和尚的蹤影，捆在椅子上的和尚變成了一段木頭。眾人回到神樹旁，卻發現和尚正拿一把斧頭拼命地砍樹，鮮血濺得和尚滿身都是。半空上的樹神也不見了。

眾人連忙上前阻攔，和尚拼死掙扎。和尚喊道，再讓我砍兩斧頭，就可以見證我的話了。

可是眾人奪去他的斧頭，幾個人把他抱起，強行迫使他離開。和尚掙扎不過，跳起來一腳蹬向大樹。

那樹已被砍開半邊，搖搖欲墜。和尚這一腳蹬過去，樹便「吱呀」一聲倒下來。眾人怕被大樹壓著，慌忙鬆開和尚，四散跑開。

「撲通」一聲巨響，枝繁葉茂的樹砸在地上，騰起幾丈高的黃塵。眾人被灰塵嗆得咳嗽不已，眼睛看不清周圍的東西。

灰塵好一陣才平息下來。樹裡卻滾出三個貌美如花的年輕女子，衣著單薄，氣息奄奄。

23

一起滾出來的還有一個巨大的鳥窩。眾人暫時將和尚放開，急忙搶救這幾個奄奄一息的女子。那幾個女子從容貌看來年紀在二十歲左右。

灌下幾碗熱湯後，她們才勉強能開口說話。

「咦，我們怎麼在這裡？這是哪裡？」三個姑娘都有些驚訝，看著圍著她們的人，茫然不知身在何處。

一位老農問：「那妳以為妳在哪裡？我們還想問妳呢，妳們怎麼待在神樹上？」

「神樹？」女子迷惑道，「你說我們在神樹上？」

「妳們自己不知道嗎？那真是奇怪了。」

其中一個女子說：「多年前，一個道士模樣的人半夜來到我的閨房，問我願意不願意跟他一起修仙。我當時剛好跟家裡鬧彆扭，心裡特想離開討厭的家人，於是不假思索答應了他。他帶我來到一個雕樑畫棟的所在，說這是他的仙宮，要我安心住在這裡，跟他一起修身煉丹，將來成為仙人。我打開窗戶往下看，底下煙霧縈繞，真如在雲端一般。透過薄雲，能看見房間小如化妝盒，人則小如指甲。晚上他要我跟他做那個，我心裡納悶，神仙也有凡人的色慾嗎？他說，這是為了陰陽調和，早日登仙。我看自己離人間已經遙遠，想逃走已經不可能，只好服從。過了不久，那個仙人又帶來兩個女子，都長得很漂亮。

他每天白天出去，晚上回來要我們三個一起跟他做陰陽調和的事情。我們原本不願意，卻奈何不了他。趁他不在的時候，我問過這兩個女子，她們也是跟家裡鬧矛盾想離開的時候，恰好這個仙人半夜來到閨房，邀請她們一起修仙。」

「什麼仙人！他就是一個修道半途而廢的妖道士，因為貪戀美色而無法修得正果的流氓。」和尚嘲笑道，「他憑藉學來的道術騙了你們，也騙得周圍居民的崇拜。」

那個女子含羞道：「都怪我一時衝動，上了妖道的當。他正是怕正道的人來捉，白天一般不跟我們待一起，晚上才來強迫我們跟他交合。我們三人也想趁著他不在時逃走，但是往下一看，離地十萬八千里，跳下去恐怕會屍骨無存。我們只好忍受他的折磨。沒想到我們只是住在一個鳥窩裡。」其餘兩個女子也含羞點頭。

和尚問到她們的家鄉所在地，離香煙山有幾百里路程。和尚把化緣得來的錢送給她們做回家的盤纏。

周圍的人們怕妖道士回來報復，央求和尚留下來，並答應給和尚建造一座寺廟。和尚欣然應諾。

於是香煙寺在大樹生長的地方建造起來，和尚住下來。從此再也不見香煙升起，妖道士也不敢回來報復當地的百姓。

香煙寺雖然香火旺盛，可是和尚不多接納俗人出家，堅決只選一個弟子做傳人。偌大一個寺廟裡只有一個和尚打理。唸經、清掃、做法事都由一個人完成。

日本鬼子侵華的時候，曾有一隊日本兵闖進寺廟，見了佛像就砸，見了功德箱就搶。已經是十幾代的和尚笑瞇瞇地將五十多個日本兵引進珈藍殿，好茶好菸招待他們。外面還有十幾個士兵守護著他們的摩托車和搶來的牲口。

外面的兵等了好久，見裡面的士兵還不出來，心裡生疑。突然，廟裡槍聲大作，「乒乓」的槍聲周圍十幾里的人都能聽到。

周圍的百姓只以為日本兵作孽，將香煙寺的和尚殺害了。

外面的士兵聽見槍聲，趕忙往裡面衝，前面兩個士兵才進大門，立即仆倒。緊跟其後的士兵嚇得忙撤回來，用日語大喊：「裡面怎麼都是和尚？把我們隊長殺啦！」

外面的士兵忙端起槍對著大門，不敢衝進去。他們等了半日，也不見一個和尚出來，便放火燒了香煙寺。這個寺廟多為木質結構，一下子火光熊熊，燒得半邊天都變得通紅。銅佛像都燒得漆黑，刮都刮不乾淨。

這些士兵在燒得倒塌的寺廟的斷壁殘垣中尋找屍體。散發著糊焦味的屍體清理起來，一共五十幾具，剛好是日本兵死亡的人數。不但沒有發現先前看到的一大群和尚的屍體，就是連迎接他們的那一個和尚的屍體都沒有發現。日本兵以為見了鬼，嚇得哇哇地逃回常山。

忘了交待，那時常山頂上駐紮著一個團的日本兵，捉來許多年輕勞動力為他們挖金礦。至今，常山頂仍有許多沒有完全坍塌的金礦洞。有人砍柴的時候曾掉進金礦洞，發現一些銅槍和鋤頭。

自此，香煙寺的名聲大噪，有人說那個和尚在大火中飛升了，也有人說和尚會遁火術安全逃出了，還有人說和尚會穿牆術，在大火沒有燒起來之前穿牆跑了。只是沒有人能解釋一個和尚怎麼可以殺死五十多個拿槍的兵，也沒有人能解釋日本兵看見廟裡一大堆和尚是怎麼回事。

日本兵戰敗撤走後，那個和尚卻又回來了，為修復香煙寺化緣募捐。因為那件事情，很多人懷著敬畏的心捐了許多錢，香煙寺恢復成原來的樣子。

爺爺他們要見的和尚就是他。

見到和尚的時候，大家都嚇了一跳。坐在草簿①上的和尚是一個九十多將近百歲的老人，眉梢末端長了三寸長，滿臉的皺紋差點將眼睛嘴巴淹沒，手指卻如二十多歲的人那樣健康靈活。

他坐在珈藍殿的大佛前，閉著眼睛耷拉著腦袋，如果不是他的手一直在

1. 草簿：草墊。

拈動佛珠，你絕對會以為這是一個坐化了的屍體。

「你們來啦。」和尚蠕動嘴唇說。他的嘴唇已經沒有了紅色，和皺紋的醬色沒有區別，彷彿那兩瓣嘴唇就是皺紋的一部分。

「唉。」爺爺點頭回答。

「師傅，你也不抬眼皮看看我們，知道我們是誰嗎？」同來的人問道。

「我們昨晚不是見過面了嗎？」和尚說。

爺爺當時覺得和尚很可憐，因為寺廟裡沒有人可以服侍他。在現在這個社會裡，沒有誰家願意讓自家的孩子跟著他當和尚。恐怕和尚的絕技就要失傳了。

24

爺爺跟我講和尚可憐的時候，我頓時想到歪道士。是不是歪道士也會覺得自己的技藝像夕陽。「捉鬼有什麼用？不能當飯吃，不能當錢使。認真讀你的書吧。好好考個大學，為家裡爭光。」媽媽就經常這樣教訓我。

「你說傳香不是女鬼？」同來的人問道。

「嗯。」和尚回答。

「那我們那裡怎麼死了那麼多男人？並且死得奇怪？」

「我沒有說你們那裡沒有鬼。只是鬼不是傳香。」他指著香案上的一個銅鼎，說，「幫我把那個鼎拿過來。」

銅鼎有巴掌那麼大，高一尺，三足鼎立。銅鼎上刻有花紋，或雲或樹或鶴或蛇。鼎內裝有沙子，數十根燒盡的香插在其中。

爺爺走向香案，取下銅鼎，交給和尚。和尚將裡面的沙子倒在身旁，又吩咐道：「佛像後面有一個酒罈，幫我搬過來。」

幾個人走到佛像後面，才發現這個佛像是兩面的，正反兩面有兩副完全不同的面孔。正面是慈眉善目態度安祥的佛，後面卻是面目猙獰怒目張嘴的如同惡魔的像。

一人問道：「佛堂裡怎麼會有這樣嚇人的魔鬼像呢？」

和尚說：「那也是佛。」

那人疑問：「佛怎麼是這副兇惡的模樣？彌勒佛、觀音、佛祖不都是和藹可親的模樣嗎？這個佛怎麼讓人覺得可怕呢？」

和尚說：「佛是有兩面的，對可引導為善的人當然是慈眉善目、和藹可親，讓人覺得安祥舒坦；但是對那些作惡多端不知悔改的惡人厲鬼，自然要有嚴厲強悍、鐵面無私的另一面。能引人為善，又能懲戒兇惡，才稱之為佛。」

大家似有所悟。

佛像下面果然有一個酒罈。大家合力將它搬出來，放在和尚面前。酒罈的壇口很寬，和尚伸出與他年紀極不相稱的手，掬起一捧酒。

酒在他的手掌中雖然稍有滴落，但是流失很慢。眾暗稱奇，換作是他們中任何一個人，會如竹籃打水一般撈不起幾滴酒水。

和尚將手移到銅鼎上方，緩緩撒開。酒水像沙子一樣以極細的顆粒狀落在銅鼎裡，顆顆透明，散發酒香。落在銅鼎底部的酒水也如沙子一樣堆成錐形，慢慢向四周滑開。和尚抓住銅鼎的兩個短足，輕輕一搖，酒水攤開來，又成為水一樣的液體，波光粼粼。

「這是光陰盆，可以看到過去發生的事情。」和尚說。大家擁上去，探頭看銅鼎中的酒水。

「你們用心看。」和尚說。

後來爺爺跟我講當時的感受。銅鼎裡水準如鏡，倒映著他們幾個擠在一起的腦袋。除此之外什麼也沒有。

「用心看。」和尚低沉地說。他的話似乎有催眠的功效，他們都按照他的指示用心看著平靜的水面，酒香漸漸進入鼻子，有些醺醉的感覺。

「用心看。」和尚用更加低沉的聲音說。他抓起一撮剛才倒在旁邊的沙子，撒入水中。水面起了許多細小的波紋。

水波漸漸淡去，水面恢復平靜的同時，銅鼎裡的水面發生了變化，他們的腦袋不見了，換而出現的是一間房子，大家都認出那是志軍的家。志軍的娘提著菜籃走出來，大概是要去菜田摘菜。志軍的娘剛走，兩個人鼠頭鼠腦地出現，一個是洪大剛，一個是洪春耕。

他們兩人輕輕推開虛掩的門，走進傳香的房間。透過敞開的窗戶，可以看見傳香坐在床邊做針線活，頭髮懶懶地披下來，透出一絲嫵媚。

洪大剛和洪春耕推了推門，沒有開。洪大剛躲在牆角，洪春耕站在門口。洪大剛給洪春耕遞個眼色，示意他敲門。

洪春耕敲了敲門。

銅鼎旁邊的人都聽見了敲門聲，彷彿他們都站在門口，而洪大剛和洪春耕看不見他們。

傳香起身來開門。

門剛打開，洪春耕便一把抱住傳香往屋裡跑，洪大剛隨即跟上，返身關上門。

洪春耕一手捂住傳香的嘴巴，不讓她叫喊，一隻手伸到衣底。洪大剛則按住傳香掙扎的兩隻手。

「不要吵，」洪春耕威脅道，「現在外面的人都認為妳是女鬼呢，妳依了我，我可以證明妳不是女鬼。妳若不依我，我就讓謠言變成真的。」

洪大剛笑道：「還有我呢。那些出事的男人都是命根子不見了。如果我們和妳做了，但是我們還好好的，不剛好給妳避開謠言嗎？」

「妳渾蛋！」傳香在洪春耕的手掌下悶聲罵道，額頭滲出汗珠。

「你手腳快點兒！別讓那老婆子回來發現了。」洪大剛催促道。洪春耕奸笑著扯開傳香的上衣，塑膠扣子崩斷了線，落在地上滾到床底。

洪春耕俯下身來要親傳香的臉，傳香不停地搖晃腦袋，避開他的厚嘴黃牙。

「不讓老子親？老子就想不通了，我三十多歲還沒碰過女人，志軍那個呆頭呆腦的小子居然這麼快就找了個這麼漂亮的媳婦。」洪春耕一面說一面扒傳香的褲子。

傳香突然不掙扎了，對洪春耕露出一個嫵媚的笑。

洪春耕和洪大剛被傳香的笑弄得迷糊了。

「妳笑什麼？」洪春耕問道，把捂在傳香嘴巴上的手稍稍放開，但是他時刻提防著，隨時馬上捂住她呼救的聲音。

傳香笑說：「你急什麼呢？要做可以呀，志軍把我一個人丟在家裡，我早就不滿意了。讓我自己來脫褲子，好嗎？」

洪大剛警覺地說：「別相信這個娘們，別上了她的當。」就在洪大剛分心的時候，傳香抓起剛做針線活用的剪刀，刺向壓在她身上的洪春耕。

那個動作和那個晚上刺傷假扮的和尚類似。

洪春耕偏頭躲開，剪刀扎在他的褲襠。洪春耕大叫。洪大剛怕外面經過的人聽見，慌忙放開傳香捂住同夥的嘴。

「不要叫不要叫！被鄰居聽到就不好了。」洪大剛壓低聲音警告，拉住洪春耕往外拖。

洪春耕在門口轉過頭來，狠狠賭咒發誓：「老子不害死妳不姓洪！」

傳香渾身戰慄地坐在床上，眼角流出委屈的淚水。

25

一隻年輕的手伸到眾人眼前，撒出一把細沙，畫面上激起重重疊疊的微波。微波將眼前的景象打亂。

水面平靜下來，眾人又只看見擠在一起的腦袋。

「這個洪大剛也太心黑了。平日裡跟志軍稱兄道弟的，志軍一不在，他卻這樣欺負傳香。」一人憤然說道，「他的下身原來是剪刀劃傷的，他卻說傳香主動勾引他用鬼術傷了他。還散佈謠言，說傳香就是害人的鬼妓，真是用心狠毒。」

「訛口如波，俗腸如錮。觸目迷津，彌天毒霧。不有明眼，孰為先路？太陽當空，妖魑匿步。」和尚口唸偈語②。

我在學校也見識了以訛傳訛的厲害，那比鬼害人還要厲害，並且比鬼還要殘忍。我們初中有個教物理的老師越級給上頭寫了個反映信，披露學校的某個負責人的敏感問題。沒想到他的來頭很硬，知道了這件事。他不直接批評這個物理老師，反而散佈謠言，說這個物理老師發了瘋，向上級申明現在軍隊用的迫擊炮是他發明的。

這本來是個很白癡很無聊的污蔑，甚至有些荒謬。可是越是荒誕的似乎越多的長舌男、長舌婦願意相信。

那個物理老師每次出門，都有人半開玩笑半認真地問他：「迫擊炮不是你發明的嗎？你怎麼不當軍事專家還在這裡教初中啊？」

開始他還跟人家爭辯，說：「我沒有啊。我寫的是反映信，不是申請發明。」可是人家早把迫擊炮這個想法像一顆種子一樣種植在心裡了，無論他怎

2.偈語，就是預言的話。如：偈頌（偈文，偈句，偈言，偈語，偈誦。均為梵語「偈佗」。即佛經中的唱頌詞）。著名偈語有唐代高僧慧能大師《無相偈》：「菩提本無樹，明鏡亦非台。本來無一物，何處惹塵埃」等等。

麼辯解都無濟於事。

這個老師走在外面，總有人遠遠地指著他說：「你看，就是那個老師說自己發明了迫擊炮，呵呵。你說他是不是神經有問題啊？」然後幾個人一起偷笑。

這個物理老師終於忍受不了，精神崩潰，見人就主動說：「你知道嗎？迫擊炮是我發明的。真是我發明的。」

學校怕他影響學生，取消了他的教師資格，出於同情之心，每月還發給他一點補貼。那個老師一直到現在在我去母校看望老師的時候，仍可以碰到他。他拉住我，說：「我認識你，你是我的學生吧。可是，你知道嗎，迫擊炮是我發明的。嘿嘿。」他得意地對我笑笑，獨自沉浸在不可言狀的喜悅中，似乎為自己發明了迫擊炮而沾沾自喜。

讀者，你說，人們的傳言是不是很可怕？

傳香就活在這樣遍佈謠言的環境中。

爺爺問和尚道：「那志軍的娘為什麼也說她是女鬼呢？並且，我發現傳香身上確實散發著一些鬼氣。」

其他人也把詢問的眼光投向皺紋疊起的和尚。

「志軍的娘不喜歡外地的姑娘，是嗎？」和尚問道。

周圍人都立即點頭。其中一人說：「這個老婆婆很頑固，說外地姑娘信不過，說跑就跑了，一定要志軍找本地的媳婦。」十幾年前，許多年輕人義無反顧地跑到廣州沿海成為打工仔。許多年輕人回來的時候帶上外地的女朋友，可是結婚不久，外地來的媳婦就突然跑了，杳無音訊，留下一個嗷嗷待乳的孩子。這樣的事情並不鮮見。

和尚說：「志軍的娘說她是女鬼，就是為了要逼她走。所謂牆倒眾人推，其他的人想都不想，便一口咬定她是女鬼。」和尚嘆口氣，「矮子何曾看戲？都是隨人說長短罷了。」

「那個捉鬼的和尚是怎麼回事？」有人問道。

和尚說：「那是洪大剛他們合夥騙大家的，說和尚我過兩天要去洪家段，然後找了個同流合污的流氓假扮和尚，故意要你們不出來，趁機想玷污傳香。他們頭次強姦未遂，一直耿耿於懷呢。」

「她身上有鬼氣，這是真的。你們大家都說她是女鬼，那真正的女鬼何不乘機把你們的注意力集中在她身上呢？」和尚說。他不把銅鼎中的酒水倒出來，便將旁邊的沙土捧回銅鼎中。爺爺接過他手中的銅鼎，放回原來的位置。

「你是說鬼妓還是存在的？」一人問道。

「當然在了。你們一直把傳香當作女鬼，讓真正的鬼妓趁機傷害了更多的人。」和尚說。

爺爺立即想到他和我在岔路看見的情景。

「假和尚說是鬼妓害的人沒有錯？」有人問。

和尚笑道：「人家要騙你會先給一點正確資訊，好讓你相信其他錯誤的資訊。」

眾人默然。

和尚說：「這個鬼妓確實是青樓女子所化。也確實是下身有舌頭形狀的孽障。知道這些並不奇怪，因為三十多年前，這一帶曾經發生過類似的事情。」

「曾經發生過類似的事情？也是鬼妓嗎？」一人問道。

爺爺若有所思。

和尚點頭：「事情發生的時候你們要麼還沒有出生，要麼太小，現在不記得了。但是，這位大伯應該知道吧。」和尚指的是爺爺，這裡只有他稱得上其餘人的大伯。

爺爺勉強擠出一個笑容，答道：「唉。」

「我跟你父親有過一面之緣的。」和尚蠕動嘴唇，說道，「你父親是個很厲害的人。但是他只是把方術當作閒餘消遣的東西。」

「你認識我父親？」爺爺驚訝道。

和尚像沒有聽見爺爺的話，繼續有些感傷地說：「你父親聰明，這些方術就要絕傳了。看看我，當年苦求技藝，還不是要帶著這些到黃土裡去？」

「別這麼說，師父。」爺爺安慰他。

「現在我要求他的兒子幫我捉鬼了。」和尚說。此時一隻蒼蠅飛進來，棲息在和尚的鼻樑上，而和尚毫無知覺。

那一瞬間，爺爺說他聞到了死亡的氣息。他彷彿看見一條黑帶一樣的遊絲，悄悄來到和尚的身邊，從和尚的鼻孔裡進入，消失在和尚體內。爺爺說，很奇怪，從那時候起，他能看到死亡的來臨，而站在旁邊的人們不會有這樣的感覺。唯一跟爺爺心靈相通的可能是那隻蒼蠅，它首先聞到了腐爛的氣息，提前來到和尚的鼻樑上。

26

「我就要死了。死亡已經找上門來了。」和尚伸手捏捏鼻子，蒼蠅嗡嗡地飛開，「捉鬼妓的事情就要拜託你了。」和尚的話說完，蒼蠅繞了一大圈，又落在他的鼻子上。

「可是，我怕我沒有這個能力，我沒有跟我父親學過捉鬼妓的方術。我在三十幾年前遭遇過另一個鬼妓，我知道她的厲害。」爺爺遲疑地回道。

「呵呵，三十幾年前的事情你也是見證人之一吧。我和你父親就是為這鬼妓的事那時見過一面，最後我和你父親都遵照了你的意願放過了她，她也果然像你所說，沒有再出現過。」和尚言辭開始有些吃力，「但是，這個鬼妓不同以前那個，她的怨氣太重。你只能收服她。就如那個兩面佛，好的鬼我們可以引導向善，惡性不改的我們不能心軟。」

爺爺輕聲說：「可是我父親沒有把他的所學全部交給我，我沒有辦法對付鬼妓。」

和尚想了想，說：「你父親不是有一本古書嗎？他沒有傳給你嗎？」

爺爺說：「傳是傳了，但是只給我古書的前半部分，後半部分藏在哪裡我不知道。只留下了七個字，猜出謎底才能找到後半部分。我到現在還沒有猜出來。」

和尚問道：「哪七個字？」

爺爺說：「那七個字是『移椅倚桐同賞月』。」

和尚笑道：「這是包公巧破對聯案裡的上聯。花鼓戲裡有這樣的戲段子，你沒有聽過嗎？」

「包公巧破對聯案？」爺爺雖然也經常聽花鼓戲，但是顯然沒有聽過這一段。

後來爺爺跟我說到「包公巧破對聯案」時，我也是一臉茫然。我幾乎不聽戲曲，覺得那是老人閒得無聊才聽的東西，咿咿呀呀的煩人。因此我無從知道「移椅倚桐同賞月」的典故。於是，我問爺爺這個包公巧破對聯案的具體內容。相信讀者也跟我一樣好奇吧。

當時和尚已經接近圓寂，沒有這麼多時間跟爺爺講包公巧破對聯案的故事，這些都是爺爺在和尚圓寂後費盡心血問了很多戲迷才得知的。這為我們尋找《百術驅》的後半部提供了很好的思路。

話說包公任監察御史時，發生過這樣一個奇案。

一對均已年過五十的徐姓夫妻，為十八歲的兒子娶親。在新婚之夜新郎入洞房之前，才華橫溢的新娘為了考考自己的秀才夫君，就出了一個對聯的上聯：「點燈登閣各攻書」。

這是連環對的形式，不但「燈」同「登」，「閣」同「各」是同音字，前字分別是後字加偏旁（或筆劃）而成，而且「點燈」二字還是雙聲（兩個字的聲母相同），若對出下句，是要頗費腦筋的。

新娘出了對句後，隔著房門對新郎說：「你若對不出下句，今晚就不准進入洞房。」

新郎苦苦思索了很久，也沒有對出下句，遂賭氣離家去了學堂。

第二天早上起床後，新娘見坐在桌前的新郎緊鎖眉頭，便問其故。

新郎說：「我直到現在還在為對不出妳的對句而發愁呢！」

新娘卻笑著說：「昨晚夜深人靜之時，明月當空，你獨自一人在院內的梧桐樹下，不是已經對上了嗎？要不，我能讓你入洞房嗎？」

新郎一聽此話，吃驚地說：「我因對不上對句，一夜都在學堂裡，是天亮後才回來的呀！」

新娘聽後，意識到自己引狼入室，讓壞人鑽了空子。過了一會兒，已失去貞操的新娘見新郎離開新房去見父母久久不歸，就悔恨交加地懸樑自盡了。

因為出了人命案，縣衙不問青紅皂白就把新郎抓捕。被刑訊逼供的新郎屈打成招後，被判為秋後問斬。聽到兒子將要被問斬的消息後，徐母也絕望地投河自盡了。

包公「訪」到此事後，深感案情蹊蹺，便決定以對句做為「突破口」，把此案弄個真相大白。於是，當晚他就借住到徐家。到了夜深人靜皓月當空之時，包公來到院中的梧桐樹前，面對著梧桐樹，左思右想，卻一時無有良策。

在這樣的情況下，包公就把思索案情的事放到一旁，叫隨從搬來一把椅子，靠在梧桐樹下，與隨從閒聊起來。聊著聊著，包公突然茅塞頓開，破案的關鍵之舉，竟在無意之中得到。

第二天早晨，包公離開徐家來到縣衙，馬上令人上街貼出告示，內容大意是開封府要在本地招取一名有才學的書生，到開封府任職，歡迎有志者到府衙應試。十幾個應試者來到縣衙，包公出的考題是「點燈登閣各攻書」的對句。應試者對出下句交上答卷後，包公選中了「移椅倚桐同賞月」的考生。

該考生見自己被選中，就十分高興地問包公：「包大人，不知您何時帶晚生回開封府？」只見包公冷笑一聲，把驚堂木一拍，就下令衙役把該考生捆綁了起來。接著包公讓人把那個秋後問斬的新郎帶來，當新郎在暗中確認該考生就是自己的同窗好友時，包公認定該考生就是夜進洞房糟蹋新娘的罪犯了。

包公之所以認定答出「移椅倚桐同賞月」的考生是「犯罪嫌疑人」，是因為他在徐家院內的梧桐樹下坐在椅子上同隨從閒聊時，突然想出了「移椅倚桐同賞月」的對句，因為此句亦是連環句，「移」和「倚」，「桐」和「同」是同音字，前字分別是後字加偏旁（或筆劃）而成，「移椅」也是雙聲，同時又想到了新娘臨死前對新郎說的「你獨自一人在院內的梧桐樹下，不是已經對上了嗎」這句話，所以才把答出了「移椅倚桐同賞月」的考生給「扣」了起來。

隨後包公一審該考生，該考生就從實招供了。

原來，那天晚上，新郎到了學堂後，正在學堂夜讀的那個同窗好友一見新郎在新婚之夜不入洞房卻來到了學堂，便問其故。新郎如實把對句之事告訴了這個考生，這個考生立刻就打起了壞主意。當夜深人靜之時，他藉回家為由潛進了徐家。這個考生在徐家院內的梧桐樹下想出對句後，便裝作新郎的口氣向洞房內的新娘答對。已熄燈而未入睡的新娘一聽所答之對「移椅倚桐同賞月」天衣無縫，根本沒去想還能有除夫君之外的第二個人知道自己和夫君答對之事，於是就開門放人並讓其上床了。這個考生將新娘糟蹋後，在天亮前乘新娘睡熟之時便溜之大吉。

27

爺爺說，當時和尚沒有跟他講這麼詳細。

和尚說：「答出了這個下聯的可以進洞房。」

「進洞房？」爺爺是離開香煙寺後才瞭解包公巧破對聯案的，所以當時覺得驚訝是很自然的反應。

和尚說：「我只能點撥一下，你父親留下這七個字必定有他自己的道理。《百術驅》上有關於鬼妓的描述。我有緣見過那本書，也跟你父親交流過一些方術。」

「嗨……」和尚長長嘆出一口氣，不說話了，腦袋垂下來。

爺爺再叫他時，他已經不能回答。旁邊一人推推和尚，他已如石像一般巋然不動，也如石像一樣冰冷。那人倒抽一口冷氣，將手指伸到和尚的鼻子下……

「沒有氣息了。怎麼說死就死了？」那人說。

爺爺悲傷道：「和尚師父，你不能就這麼死啊。我們還沒有找到古書的後半部分，雖然我答應你去捉鬼妓，但是沒有後半部分，我沒有必勝的把握啊。萬一我們找不到呢，你能放心歸去嗎？你要死也要等到我們找到那本書啊。」

和尚一臉冰冷的表情，蒼蠅在他的鼻子上爬上爬下。

爺爺對著已經沒有生命跡象的和尚訴說：「要是到時候我找不到書，而你已經安心歸去，我去找誰尋求幫助呢？你一生幫了無數人，可謂功德圓滿。但是臨死前卻將一個毫無把握的事情交給我，你就這樣走了，黃泉路上也不能安心啊。」

「他已經死了。你說這些有什麼用呢。」旁邊的人安慰爺爺道。

突然，和尚鼻子上的蒼蠅被驚飛，振翅飛到放著銅鼎的香案上。

「好吧。我等你找到古書。」和尚將垂下的頭慢慢仰起來，彷彿剛剛只是打了一個盹。

眾人嚇得連連後退，驚問：「你現在是人還是鬼？」

和尚微弱地說：「你來摸摸我的呼吸就知道了。」

一人畏手畏腳地挪步到和尚跟前，哆哆嗦嗦地伸出一根手指在和尚的鼻孔前。那人似乎不相信手指的觸覺，側著腦袋想了一會兒，緩緩說：「果然有呼吸了。」其他人懸著的心這才放了下來。

「你怎麼又活過來了？」一人顫著聲音問道。

「哦。冥冥中我聽到他的話，覺得有道理。我一生追求方術，超渡誦經，救人驅鬼，可謂無不盡心盡力，力求功德圓滿。可是臨死卻讓最後一件事掛在心上，確實不好。送佛送到西嘛，我還沒有看見佛到西，怎麼可以離開呢。」和尚說話已經相當吃力，音調忽高忽低。

爺爺那番話本來只是隨感而發，不料真將和尚呼喚回來了，心底真正佩服和尚的方術之力。

道行高深的僧和道，一般都能預知自己的壽命和福禍。但是他們使用方術有很大的區別，特別是使用在自己身上的時候。和尚講究五大皆空，一般不用學到的方術延長壽命，追求的是死後的功德圓滿。而道士講究修身，目的性強，努力使用生平所學抵抗自然的衰老，盡力延長壽命。和尚和歪道士剛好是各自的明證。這也是他們一個陽氣重，一個鬼氣重的原因。但是在有些特殊情況下，他們可能違背自己的初衷。

爺爺說，和尚回來還有另一個原因。香煙寺幾百年來都是單傳，在師父死後，徒弟要安排師父的後事。師父死後是不可以埋進泥土的，而是在屍體上刷一層金粉，按照師父死前打坐的姿勢放好，擺放在功德堂。金粉只是佛法的稱謂，實際上用的都是黃銅粉。

香煙寺的功德堂從來不讓外人進去，但燒香拜佛時偷偷窺看的人不在少數。據說，裡面的屍體已經有了十來具，因為每年活著的和尚都要給死去的和尚刷一遍金粉，所以個個金光閃閃，不遜色於大殿的石佛菩薩。那些屍體都保持完好，沒有腐爛的跡象。有的和尚保持著微笑，有的愁眉苦臉，有的面目安祥，現在看來還和平常人的感情表露差不多。彷佛厚厚的金粉裡不是屍體，而是活人！

可是到了這個和尚一輩，竟然沒有一個單傳弟子。試問現在這個社會，誰願意將兒子交給一個沒有定產的和尚學習方術？即使有人想學，也不敢來真的，僅僅停留在想想而已。

和尚沒有徒弟給他安排後事，自然不安心離去。

和尚說：「我頂多再等你七天，七天之內你一定要找到古書，好讓我安心閉目。我死後，你要幫我刷上金粉，擺放在功德堂。功德堂本來不允許外人進入的，但是誰料到我下面再無傳人？當年數百人爭相當我師父的徒弟，我師父選擇了我。現在我想選一個徒弟都不能……」

爺爺點頭承諾。

「好了。你們走吧。」和尚說完，閉上眼睛，恢復一動不動的狀態。

爺爺他們輕步退出來，把敞開的廟門拉上。門發出吱吱的摩擦聲，門環鏽跡斑斑，紅漆剝落。門上有對聯：「出世在於渡己，入世在於渡人。」

回到洪家段，洪春耕見事情敗露，和那個假扮的和尚已經逃跑了。洪大剛有家有室，不能一跑了事，反而厚起臉皮，裝作若無其事，見人便仰頭挺胸，得意揚揚。村裡人本來要驅逐他出村子，但是他媳婦在村長的房子前跪了兩天兩夜。村裡人見他還有兒女要養，便默許他留下來。不過後來，有一次洪大剛拿一塊肉逗他家的大狼狗玩，大狼狗突然發飆，一口咬傷了洪大剛的命根子。

於是村子裡說得沸沸揚揚，說是洪大剛的命根子被狗咬斷了，再也不能在他媳婦面前耀武揚威了。

洪大剛聽到傳言，紅著臉粗著脖子跟人家理論。可是傳言越傳越遠，方圓十幾個村的人見了洪大剛都要偷偷笑。有的打趣問他，你撒尿是不是要學女人蹲下啊？

洪大剛憤怒了一個多月，最後終於被流言擊倒，精神崩潰了，看見人便脫下褲子，把那東西掏出來給人家看，說，你瞧，你瞧，有沒有斷掉？

自此，村裡的人見了他便拿著棍子或者掃帚恐嚇他，叫他滾開。十幾年後，我過年回家，聽爺爺說洪大剛進了鄉裡新建的精神病院，現在精神有了一些好轉，能認出村裡的熟人了。

「今天你們賺了，這個故事中包含了幾個另外的故事。好了，今天講的時間已經夠長了。明天的零點再來吧。」湖南的同學微笑道，「這個世界上有太多的謠言，需要我們去認清，如果輕易相信，很可能成為殺人兇手的幫兇。」

梧桐樹精

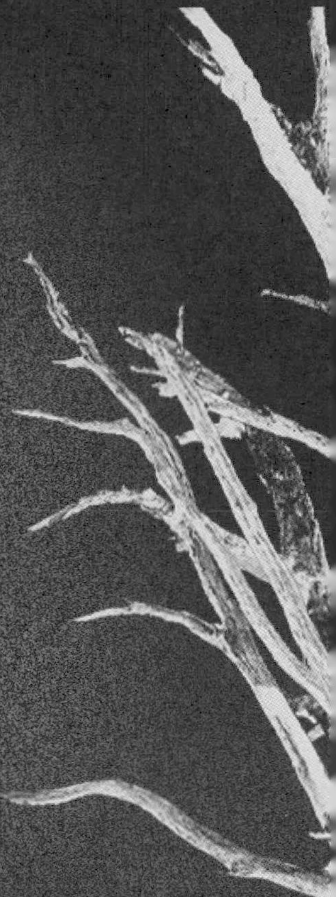

28

又到了午夜，一個個不安分的詭異故事，打開看不見的門，來到我們的耳邊。

「快點開始吧！」宿舍裡的人按捺不住期盼的心情。

湖南的同學端正了坐姿，繼續講述……

爺爺聽了和尚的指點後，把和尚的話複述給我聽，然後問我：「根據這些，你能猜到古書的下半部在哪裡嗎？」

我說：「這個太簡單啦！你早說這七個字跟進洞房有關係，就不會等到現在才猜出來了。」

爺爺皺眉問：「你猜出來啦？」

如果不是小時候經常跟玩伴玩扮家家酒，我也不能第一時間想到那個地方。扮家家酒的遊戲就是幾個小孩子在一起模仿大人的生活，模仿最多的就是結婚。幾個小孩子一起分配角色，有的當新郎，有的當新娘，有的當客人，有的當主婚人，搬幾個板凳做禮堂，披塊紅布做新人的衣服。

我們幾個玩伴每次玩結婚的遊戲時，總要到我家的後院來玩。因為後院有真正的「洞房」。那是一個窖洞，一個高不過人，長不過兩臂的洞，就著後山挖成。十幾年前，農村幾乎家家都種地瓜，因為地瓜的葉子可以餵豬。但是地瓜的種很容易發霉爛掉，於是農人在挨著山陡峭的地方挖一個洞，有幾分像陝西的窯洞，只是規模比窯洞小多了，僅夠裝幾籮筐的地瓜。

地瓜種裝進窖洞後，農人將洞口用土磚塞住封死，以保持地瓜的新鮮，來年可以種在田地裡。

在地瓜剛剛種下地的時候，窖洞是敞開的，剛好成為一些小孩的樂園，是玩躲貓貓、扮家家酒的好去處。

我們小時候玩過家家，就把窖洞當作結婚的洞房。也有人打趣村裡年齡大且未婚的青年，說，你沒有進過洞房吧，要進也是進窖洞。

所以，我聽了爺爺提到「洞房」，第一時間想到了窖洞。

「你確定嗎？」爺爺問道。

我給爺爺解釋說：「姥爹隱含的意思肯定是這樣的，就像包公想到的那樣，能想到這個對聯的人，肯定就是進洞房的人。這七個字是謎語，同時本身就是謎底。怎麼說呢，你猜這個謎語的時候，你自己已經是謎語的一部分，那麼，你自己就是進洞房的人。」我不知道我說得清不清楚。

爺爺說：「不管是不是，去挖開看一下就知道了。」

時不待人，我跟爺爺立即到爺爺家的窖洞去察看。因為我家的窖洞足夠裝兩家人要用的地瓜種，爺爺年年要爸爸順便給他留點地瓜種，自己家的窖洞已經不常用了。爺爺鑽進滿佈蜘蛛網的窖洞，用鋤頭小心地挖土。

突然「咯噔」一聲，鋤頭碰到了硬物。爺爺欣喜異常，急忙彎下腰，用手輕輕扒開周圍的鬆土。一個銅盒子露出了一角。爺爺抓住盒子的邊角，將盒子從泥土中摳了出來。

爺爺小心翼翼打開盒子，只見裡面躺著一本書。不！準確地說是半本書，而它正是《百術驅》的後半部分，字跡排版和我所擁有的前半本別無二致。

我們急忙翻開看了幾頁，便立即關上盒子，欣喜地趕到香煙寺。我們剛跨進廟門，就看見一個人在往和尚臉上塗金粉了。和尚的笑容在金粉的襯托下有佛一般的安祥。

那個塗金粉的人轉過頭來告訴我們：「和尚說了，由於坤位移動方向，這半個月鬼妓不會出來。等這半個月過去，在十七的晚上月亮變得最圓的時候，你們要迅速解決鬼妓，不要再給她害人的機會。」

爺爺一句話不說，神情黯然地退了出來。

捧著銅盒子走出香煙寺，爺爺似乎是自言自語，又似乎是對我說：「我不敢在他面前說一句話，怕他又違背意願地活過來。」而我知道，爺爺怕的是說了話後和尚不活過來。爺爺這麼說，只是自欺欺人罷了。我上大學後的第三年，奶奶（外婆）去世了。我在遙遠的東北，沒有辦法及時趕到家鄉見她最後一面，想起年幼時在她家玩耍的情景，我多少次在夢中哭出聲來。可是，之後寒假回到了家，再去爺爺家時，心裡卻沒有任何悲傷，明知奶奶不在了，卻仍然覺得她還活著，似乎我叫她一聲「奶奶」，她便會巍巍顛顛地跑出來。但是，無論如何，我不敢喊出「奶奶」兩個字。

爺爺的心情應該和我的心情相同。

離開香煙山時，我回頭看了看寺廟大門上的對聯：「出世在於渡己，入世在於渡人。」不禁感嘆和尚的一生。他的一生應該比爺爺更傳奇，可是這種傳奇隨著他生命的結束，世界上已無殘留的一絲跡象。

在等待鬼妓再次出現的半個月裡，我和爺爺沒有閒著。由於期間出現了幾件怪事，我沒有把尅孢鬼告訴我的事情告訴爺爺，但是那半月裡，逃出的篼箕鬼沒有來騷擾我們。月季也沒有給我其他的夢。

我和爺爺全心投入了另一件事情。

事情是這樣的，鄰縣的一個人聽到爺爺捉鬼的事情，費盡心機找到我們，告訴我們他們家出現的怪事。他說他住在什麼縣什麼村現在我已經不記得了。但是他說的怪事我記憶猶新。他說他媳婦生產了三次，三次都是雙胞胎，並且是龍鳳胎。可是，三次龍鳳胎都夭折了。

我和爺爺目瞪口呆。但是，奇怪的還在後面。

他說，他媳婦每次生產都是在春天萬物生長的時候，而孩子夭折都是在秋天萬物凋零的時候，好像他的孩子都是樹木似的。

今年春天，他的媳婦又生了龍鳳胎，本來應該是值得慶幸的事，可是這個男人急得團團轉，害怕秋天一到，悲劇又重複。

他聽說鄰縣的爺爺是捉鬼的行家，想找爺爺去看看是不是鬼在作祟。他費盡千辛萬苦才找到爺爺的住址。

爺爺一聽，沒有半點猶豫，馬上否定：「不是鬼。」

「不是鬼？」來人顯然很失望，「那豈不是沒有辦法了？我的孩子沒有救了？」他眼睛紅了，六神無主地就地坐下，兩隻手在褲子上亂搓揉，彷彿在為丟了重要的東西乾著急。

「不是鬼，那是什麼？」我問爺爺。

爺爺說：「我也不知道，反正不是鬼，我可以肯定。是什麼東西要到了那裡看了才知道。」

那人聽見爺爺這樣說，立即爬起來，拉住爺爺的手哀求道：「大伯，求求你去我家那裡看看吧。我知道您擅長的是捉鬼，但不是鬼您也可以去看看嘛，死馬當作活馬醫，總得給我一點希望。不然我的兩個孩子只能等死了，求求您了。」

爺爺面有難色。爺爺為鬼妓的事在洪家段和畫眉村之間來回跑了不知多少次，確實需要好好休息一下。再說，半月後還要提防鬼妓的出現呢，那時還要精力對付鬼妓。

我看出爺爺的心思，幫那人勸說道：「這個人從鄰縣跑來，可見事情的危急。反正鬼妓還要等一段時間出現。我們可以先去他那裡，同時可以看看古書的後半部分，對鬼妓的瞭解更多，勝算就越大啊。」

其實，看古書在哪裡不是一樣的看？但是我實在沒有詞可以勸爺爺。

那人感激地看著我，又朝爺爺連連點頭。

爺爺見我這樣說，思索了一下，說：「好吧。我答應跟你去看看，但是我們要快去快回。家裡這邊還有很多事情等著我去做呢。」

很多時候爺爺都遷就我，只要我開口的，他似乎很難說「不」字。後來爺爺因為抽菸太多患上了輕微的肺結核，每次我在爺爺家吃飯，媽媽都要給爺爺備兩雙筷子。一雙筷子拈菜到爺爺的碗裡，換一雙筷子再夾著吃，這樣避免爺爺吃飯的筷子直接接觸桌上的菜，以防病毒感染到我們。

我覺得媽媽的做法多少有些傷害爺爺的心，很為爺爺抱不平。媽媽說，這是為了你這個孩子的健康，大人的抵抗力強，小孩子感染了不好。爺爺馬上笑著說，這樣好，亮仔你知道麼，這是有稱呼的，叫「公筷」。他還一面給我講「公筷」稱謂的來源。

爺爺在家裡就是這麼一個謙和的人，從不要求什麼，也不抱怨什麼。

那人見爺爺答應去他那裡看看，高興得手足無措，兩隻手在衣服上摸了無數遍，傻傻地笑著。他的一隻手碰到上衣的口袋，立即想起來掏出裡面的香菸給爺爺點上：「哎，哎，我差點忘了身上還有菸呢。早該敬給您抽的，看我這記性，一著急什麼都忘了。」

爺爺抽了一口，說：「這個牌子的菸我還沒有抽過呢，味道真好啊！」爺爺就是這樣，一談到菸就來勁。

那人似乎還在迷糊的狀態中，半天才聽到爺爺的話，結結巴巴地說：「啊？您剛才說什麼？」

爺爺笑著說：「不要這麼高興。我答應了去，但是沒有把握能幫到你喔。」

「哎，看您說的。您去了肯定沒有問題，我相信您。」那人對著爺爺討好的笑。他又掏出一根菸遞給我。我看他的腦袋確實發熱了，我還是個初中學生，怎麼能抽菸。

我說：「我是學生，不抽菸。」

那人一愣，彷彿才發現我是十幾歲的少年，連忙不好意思地擺手，說：「你看你看，我真糊塗了。怎麼能給你菸呢，你還是學生。」

他將菸收回口袋，搓著手問：「我們什麼時候出發？」

「越早越好。」爺爺說，「我們吃了飯就出發吧，你到我家將就一餐吧。」

那人說：「那怎麼好意思呢。」話雖這麼說，可是語氣裡根本沒有不好意思的成分，笑得兩隻眼睛瞇成一條縫。我們轉身進屋，他跟著我們進來，口裡囉囉唆唆地說：「那怎麼好意思，那真是打擾了。」
飯桌上，他自我介紹說他是某某縣的瓦匠，名字叫郝建房。看來他父母生下他的時候就料到這個兒子天生是塊做瓦匠的料。
吃菜的時候，他專在碗裡挑來挑去，只選瘦肉吃，把辣椒都翻到了一邊。飯量也大，一連吃了五碗飯，將鍋底的鍋巴都刮乾了。吃完飯，還拿筷子將碗裡黏著的幾顆飯粒一顆一顆挑到嘴裡。
爺爺看不過去，說：「建房啊，要吃飯還是有的。不夠的話我叫我老伴再煮點。」
「夠了夠了，」他揮舞著筷子說，「我從家裡到你們這個縣來，一路上很少吃東西。我媳婦給我做的油餅不多，吃到半路就沒有了。」
「路上可以買點東西吃嘛。」爺爺說。我心想他的經濟條件可能不好。
他說：「能省點是一點。」
奶奶讚揚他說：「你是個能持家的人。我老伴少抽點菸都能省下一些油鹽錢，可是他就是戒不了。要是他有你這麼勤儉就好了。」

吃完飯，天有些暗了。建房喝了一杯熱茶，問爺爺：「我們現在走嗎？」

爺爺說：「行。」爺爺問我去不去，我說去。

建房說：「帶個手電筒吧，夜路不好走。」

「走路去？」我驚訝道。要是走路去的話，我可不願意去。雖然我不知道鄰縣有多少路程，但是少不了一頓好走。我原以為建房會給我們叫輛車帶我們過去呢，沒想到這個人這麼摳門。

爺爺也面露難色：「我身子骨老了，走這麼多路恐怕到了你那裡就要躺下了。你能不能叫輛車載過去？路短還好，可是你那裡太遠了，走到明天早上都到不了。」

建房愣了一會兒，說：「叫車啊？我來是走路來的呢，不難走的。不過你們要叫車，那我就叫一輛吧，救我家孩子還在乎那點小錢麼，你說是吧？」

我心裡不滿，故意說：「走路我是不去的，要麼我們自己叫一輛車吧。」

他嘿嘿笑了笑，說：「還是我來叫車吧。這樣多不好，在你家吃了飯還要麻煩你們去我家幫忙。」

30

他終於叫了一輛車來。夜晚路上的車少，司機把車開得飛快。我和爺爺在車上顛簸了半夜，我中途迷迷糊糊睡過去了，耳朵還在朦朧地聽爺爺他們有一搭沒一搭地說話。聲音聽起來像是來自遙遠的地方，那種感覺很奇妙。

後來我在似醒非醒的狀態中被爺爺叫醒，說是車到郝建房的家了。我也不知道當時是什麼時辰，不過天還是黑漆漆的，星星已經很少了。我睡眼惺忪地跟著他們下車，走進郝建房的家。

郝建房安排我和爺爺睡在一個房間。他的家比較寬大，粉刷也不錯，在當時的社會比較殷實的家庭才能做到這樣，與我原以為的大相徑庭。

第二天，他招待我和爺爺吃過早飯，便一起在他家周圍轉轉。爺爺兩隻手背在身後，嘴裡叼一根菸，仔細查看郝建房家的房子。首先查看的是房子的大門，大門的面向很重要，包括方向，面對的物體，如屋前有沒有樹，有沒有井以及其他。

我跟著爺爺瞎逛，我不會看房子的風水。

爺爺領著我走。郝建房唯唯諾諾地跟在後面。爺爺不放過房子周圍的任何一點細小的東西，包括周圍是不是有大石頭，或者泥坑。

爺爺說：「大門是沒有問題的。」

我問道：「大門也影響風水嗎？」

爺爺沒有直接回答，而是給我講了一個故事。文天村在沒有繁衍到現在百來戶人家的時候，只住著一對老夫婦。一天，這對老夫婦幹完農活回來，發現家門口躺著一個病重的白髮老翁。這對老夫婦好心將他接進家，熬藥燒湯，將白髮老翁的病治好。白髮老翁病癒後，對老夫婦說，我一無所有，沒有什麼可以報答你們的；見你們都年紀老了，但是膝下無子，恐怕老來悲涼，我就給你們指點一下，好生個孩子吧。

那對老夫婦笑道，救你沒有指望要報答的。再說，我們都行將枯木，哪裡能再得一子？

白髮老翁說，你們一直沒有生育，是因為你家的風水出了問題。但是你們的房子已經這樣建了，要想重新做已經不能。但是我可以把你們家的大門換個方向，改個大小。我現在身體好了，可以花點力氣幫你們把門改造一下。

老夫婦將信將疑，遂讓白髮老翁改造他們家的大門。白髮老翁花了兩天時間，將原來的大門移到後面，又將大門稍微修改了一點，然後不辭而別了。

那對老夫婦在當年除夕的時候果然生下一個胖乎乎的男孩，而後又生下兩男一女。文天村由此繁衍不息，人丁興旺，形成了現在的百來戶人家。

我問爺爺：「修改了大門就有這麼大的影響？」

爺爺說：「是啊。風水往往由於差那麼一點點，結果就大大不同。」

跟在後面的郝建房馬上問：「您看看我家的風水怎樣？門前有樹，屋後有山。風水應該還可以吧？」

爺爺點頭道：「確實。我看你這裡的風水還可以啊。怎麼就出現這樣的怪事呢？難道我猜錯了？難道真是鬼造成的？可是沒道理啊，照演算法，不應該是鬼在作祟啊。」爺爺皺著眉頭思考了許久，最終沒有求到答案。爺爺只好無奈的朝郝建房搖頭，表示無能為力。

郝建房討好的笑立刻僵硬在臉上，像打了霜似的難看。

爺爺說：「我確實已經無能為力了。我們在家裡還有沒有處理完的事，只好先行告退。你另請高人吧。」

郝建房快快道：「秋季一到孩子就保不住了，哪還有時間請其他的高人哪？何況，我也不知道高人在哪裡。」

爺爺抱歉地笑笑，安撫道：「福禍都是有命的，或許這個秋季就不同了呢。」

郝建房點點頭，連忙低頭走開。他在掉眼淚，怕我們看見。

我問爺爺：「您相信命嗎？」

爺爺說：「你能鬥過命的時候，就千萬不要相信命。你不能鬥過它的時候，你就可以理智地不要白花力氣，這時你可以相信命。」我相信他不但是在教育我，而且在說他一生的人生哲學。

我們邊走邊聊，不知不覺走到郝建房家的後山上。爺爺突然絆了個趔趄，幾乎摔到草叢中去。

「什麼東西啊？絆得我差點摔壞了骨頭。」爺爺抬起腳，雙手揉捏腳趾頭。

我低頭一看，是兩個樹樁。樹樁高出路面半寸，豎在路中間像個冒號。爺爺正是絆到了樹樁突出的部分。

樹樁的截面很寬，幾乎有一個四人坐的圓桌那麼大。根據截面模糊的年輪來看，這兩棵樹少說有了百年的歷史。

「這是什麼樹？」爺爺向郝建房喊道。

「梧桐樹。」郝建房用衣角擦擦眼睛，聲音嘶啞地回答。

我對爺爺這樣的行為很不滿，郝建房正在傷心孩子的事情呢，你老人家還問什麼樹，這不是故意讓人不舒服麼。

爺爺很不識趣地繼續問：「梧桐樹？怎麼砍了？」

郝建房漫不經心地說：「剛蓋這房子時少了點木材，並且擋了做房的地基。我就把這兩棵樹砍了。本來是要連根挖起的，但是這樹的年齡太大了，根系很發達，挖起來估計一個根可以裝一卡車，需要勞動力大，所以沒有挖掉樹根。」

爺爺蹲下來仔細觀察樹樁，說：「這樹好像還沒有死。是嗎？」

郝建房見爺爺老問一些與風水無關的事情，態度有些不好了，但仍平和地回答：「是啊，春天的時候，它的樹樁上還生長出嫩芽呢。但是每天經過這條路的人不少，嫩芽生出不久就都被腳板踩死了。所以到現在還沒有生長起來。」

「哦。」爺爺點點頭，伸手向郝建房討要菸，「來，給我一根菸。」

郝建房懶洋洋地走過來，給爺爺遞上一根菸。

爺爺說：「你別怪我話說得醜啊，你這人就是有點摳，有點小氣。做房子哪能用百年的老樹呢？」

爺爺點燃菸，接著說：「我看出些問題了。」

「你看出問題了？」我和郝建房異口同聲。

31

爺爺嘴裡叼著菸頻頻點頭：「我說了不是鬼嘛，這是梧桐樹作的怪。」

「梧桐樹作的怪？」我又和郝建房同時驚問道。

「這兩棵梧桐樹生長了一百多年，已經具有了一定的靈氣。你為了建造房子將它砍伐，它們肯定不服氣，自然要想方設法報復你。」爺爺說。

「梧桐樹的靈氣？」郝建房驚訝地問道。

「對。大自然中的一切生物都是有靈氣的。如果你破壞了它，就可能受到懲罰。」爺爺摸著樹樁的年輪，神色安然地說，「人們往往把它們的靈氣叫做精，也可以說是梧桐樹精在報復你。」

「那怎麼辦？」郝建房兩眼驚恐地盯著梧桐樹的樹樁問道，彷彿問的不是爺爺而是梧桐樹樁。

爺爺微微一笑，低頭問底下的梧桐樹椿：「你有什麼要求呢？」那個神情既像是跟郝建房開玩笑，又像是真正在和梧桐樹椿說話。郝建房見狀，瞪大了眼睛看著爺爺，似乎在等爺爺傳達梧桐樹椿的要求。

爺爺就像專業演員一樣俯下身子，將耳朵貼近梧桐樹椿。聽了一會兒，爺爺默默頷首，說：「嗯，我知道了。行，你的要求不過分，就照你的要求辦吧。我相信郝建房能辦到的。」

郝建房一聽到爺爺跟梧桐樹談到自己，忙使勁點頭說：「是的，是的。只要我能辦到的，我一定辦到。」說完喉嚨裡咕嚕一下，重新強調：「真的，我一定辦到，請兩位梧桐樹精放心。不要再害我的孩子了。」

爺爺站起來，拍乾衣服上的泥塵。郝建房連忙湊上前，問道：「梧桐樹精有什麼交待？不會需要很多錢吧？」

爺爺皺眉道：「你到了這個時候還怎麼摳門，是孩子重要還是錢重要？」

郝建房連連點頭：「對，孩子重要，孩子重要。花多少錢都無所謂。」

爺爺伸出兩根手指，在郝建房的眼前晃晃。

「兩百？」郝建房歪著腦袋問道，「是不是要花費兩百塊錢？」很容易可以看出郝建房在掩飾，他說話的語氣就像呆在冰窖裡久了，牙齒已經開始磕碰。

爺爺搖頭，仍把兩個手指在他眼前晃動。

「兩千？」郝建房臉色有些不好看了，兩手在微微地顫抖，嘴唇輕輕哆嗦，好像暈血的症狀。

爺爺不耐煩地說：「我要你給我根菸抽抽，什麼兩百塊兩千塊的？」那是我見爺爺最幽默的一次，平時很少見到爺爺開玩笑，但是我覺得唯一的那一次確實精彩。

郝建房乾咳了一聲，微微扭動身體，緊張的神經稍微放鬆了一些。他手指慌亂地伸進口袋，費了好大的勁才將菸盒掏出來，甩動菸盒，抽出一根香菸遞給爺爺。爺爺嘆了口氣，接過郝建房手中的香菸，自己點上抽起來。

「到底要多少錢？」郝建房弓著腰，像個奴才似的問爺爺。

爺爺說：「錢倒是不要，關鍵看你有沒有心。要錢幹什麼？要錢你能把這兩棵梧桐樹的枝葉都買回來？」爺爺有些不高興了。郝建房弓著腰唯唯諾諾。

「其實梧桐樹精沒有跟我說什麼，但是我知道你應該怎麼做。」爺爺說，「你把這兩棵梧桐樹的根挖起來，挖的過程中不要傷斷了它的一條根，一條鬚。然後把它移到一個土地肥沃的地方，最好是黑土的地方，沒有人經過的地方，陽光充足的地方。這個你能做到麼？」

郝建房忙說：「能，能的。」

爺爺說：「這些還不夠。你每天要給它們澆一次水，這水不能是河水，也不能是池塘裡的水，要澆乾淨甘醇的井水。春天看護它的新芽，不要被人踩了，被鳥吃了，被蟲害了。冬天給它的樹枝包上稻草，不要讓雪凍壞了，讓風刮斷了。」

「能做到的我盡量做到。」郝建房回道。

「不是盡量做到，而是一定要做到。如果它的新芽新枝再出問題，你的孩子也會出問題。如果它們的新芽新枝死了，那麼你的孩子也會再次遭受厄運，像前面的幾個一樣。」

「誒，誒。」

「還有，你以後只要看到梧桐樹，你都要對它尊重，不要傷害它。知道嗎？」

「知道，知道。以後凡是梧桐樹，我都繞著走，這還不行嗎？」

爺爺說：「那好。你記住了。這些有一樣你沒有做到的話，你的孩子就會有不好的事情發生，到時候再反悔可就晚了。」

郝建房連連點頭，見爺爺手裡的菸抽完了，忙主動遞上一根，說：「我答應你，我一定做到。做父母的，為了孩子這點都做不到麼。」

爺爺接過菸戴在耳朵上，說：「你要答應的不是我。」爺爺伸手指著那兩個一直沉默著的梧桐樹椿：「你要答應的是它們。你能不能做到，我回去後就不知道了。但是它們都知道的。等到它們長得比你的孩子高了，你就可以停下來了。」爺爺重申道：「記住了，要它們長得比你孩子高，你才可以停下來。」

「誒。」他回答道，「如果有什麼事，我還可以找你不？」

爺爺說：「只要你做到，基本上不會再有事。」

不過我們離開郝建房家後，他還是透過一個在兩地之間販賣稻穀的人跟爺爺不時地保持聯繫。

秋收後，那個販賣稻穀的人到畫眉村這邊來收穀。他找到爺爺，說郝建房特意叫他帶來幾包菸送給爺爺。爺爺問郝建房的情況。那人說，郝建房的孩子長得健健康康，沒有出現以前那樣的事。郝建房現在每天去給兩棵梧桐樹澆水，一天也不敢怠慢。他看見別人要砍樹的時候，不管是不是梧桐樹，他都要求別人別把樹根傷了，自己移回家來種。

爺爺呵呵笑道，那就好。

那人扛著麻袋上車準備離開時，跟爺爺說，您走後，他按照吩咐挖梧桐樹的根。那樹根有一百多年的年齡，根系十分發達，要想不損傷根鬚挖起來特別困難，並且要挖的範圍很大。其中一個梧桐樹的根延伸到了郝建房的屋的地下面。郝建房只好打地道一樣挖樹根。等他將樹根整個挖了出來，他的房子因地面失陷而倒塌了。

「好了，今天的故事到此結束。以後碰到花花草草什麼的，可不要隨意虐待它們。」湖南的同學說道，「想聽故事，明晚再來。」

我們談論了一會兒「愛護花草」的話題，然後各自上床睡覺。

狐

32

午夜，總是這樣的充滿魅惑的力量。湖南同學又開始講了……

我跟爺爺從郝建房家回來不到一週，龍灣橋下坡的地方出了一起車禍。出車禍的是公路旁邊一所小學的女學生。幸虧肇事的司機迅速將這個女學生送到了醫院，經過及時搶救，女學生暫時沒有生命危險，但是仍有隨時出現危險的可能。

女學生的家長找到爺爺，要爺爺幫忙。

爺爺奇怪地問道：「你女兒已經被撞了，找我也不能讓時間倒流避開大車啊。你還是去求醫生好好治療吧。」

那個家長說：「您是不知道。我女兒出車禍可不是偶爾的事情。」

「那就是應該的咯？」爺爺詫異地問道。

「那也不是。龍灣橋下坡的地方可是個怪地，每年的這幾天都要出現一次車禍。在那裡被車撞到的人已經不止十個了，要麼當場死亡，要麼受了重傷。受重傷的過不了多久無論怎麼救治還是會死掉。」

「哦？有這事？」爺爺問道。

那家長著急地說：「是啊。要不我不會來找您了。求您幫幫忙吧。我女兒雖然現在在醫院治療，但是我心裡知道，如果不請您幫忙處理，她遲早都是要死的。前面十多個人沒有一個逃脫的。」

「哪有這樣的事？我不相信。」爺爺擺擺手。爺爺的心思我理解，自從爺爺捉鬼有些名氣後，附近左右的人不管什麼事都來請爺爺幫忙。小孩子發高燒了，做生意虧本了，臉上生痘了，走路踩到狗屎了，人家都來問問爺爺是不是有什麼靈異的東西作祟。這樣弄得爺爺的正常生活無法繼續。

「我說的都是真的，請您幫幫我吧。」那個家長央求道。

爺爺說：「你別逗我了，我還有事情要忙呢。」

爺爺說得不假，為了應付半月後要出現的鬼妓，我和爺爺沒有少忙活。我天天放學回來就抱著那本古書死啃，爺爺則在做收服鬼妓的器具。

為了更好地聯繫兩個半本的書，我將它們縫合到了一起，並用油紙包好。

我在爺爺釘住箢箕鬼的時候就擔心過遺漏細節的問題，這次我仔細查看了兩本書分開的地方，箢箕鬼的內容剛好分成了兩半。爺爺按照前半部分的要求做了，卻遺漏了後半部分的警示。那就是竹釘釘住箢箕鬼後，還要在墓碑上淋上雄雞的血，然後燒三斤三兩的紙錢。《百術驅》上解釋說，淋上雄雞血可以鎮住箢箕鬼，燒三斤三兩紙錢則是為了安撫它，這就叫做一手打一手摸。

如果不這樣的話，箢箕鬼只能暫時被禁錮。若等到竹釘出現鬆動或者腐爛，箢箕鬼就能擺脫竹釘的禁錮。

逃脫掉的箢箕鬼會比原來的怨氣更大，也更難對付。它的實力是原來的十倍，它會瘋狂報復當年禁錮它的人。為了讓爺爺更加專心地對付即將再次出現的鬼妓，我沒有把箢箕鬼的事情告訴他，我打算一切都等收服鬼妓之後再做打算。

在這幾天，月季又來到我的夢裡，告訴我它感應到一股比自己還濃重的怨氣正在集結。它的神情有些緊張，它摟住雙臂，似乎周圍的空氣變得很冷。我在夢中也感覺到周圍的冷空氣像冰涼的舌頭一樣舔舐我的皮膚，使我不禁抱緊自己。夢醒後，我發現自己緊緊抱著被子蜷縮成一團。

媽媽以為我感冒了，一要給我刮痧，二要給我拔火罐。

而爺爺正在做一個門檻，寬四寸厚四寸長四尺，用鐵皮包住，用鐵釘釘好。古書上講，門檻是千人騎萬人跨的東西，鬼妓最怕的就是它了，見到它就會想到自己的身世和苦難，泣不成聲。十幾年前的農村重男輕女的思想非常嚴重，有些人罵女孩子就說：「你就是個鐵門檻，遭千人騎萬人跨的。」這是一個很重的罵法，比罵「臭婊子」還要兇狠。

《百術驅》上解釋，那種罵法就是鐵門檻的隱語。花有花的隱語，草有草的隱語。很多特別的東西都有自己的隱語。而鐵門檻的隱語正是對付鬼妓的咒語，一種沒有聲音不用誦唸的無聲咒語。有一種叫替身娃娃的巫術就是利用的無聲咒語。往一個布娃娃身上捅針，巫婆把針扎在哪個地方，被詛咒的人就會在相應的身體部位出現劇烈的疼痛。

咒語其實是一種巫術行為。語言禁忌發展到極點，達到靈物崇拜程度，就可能形成咒語。咒是口頭語言禁忌，平時禁止使用，一經使用，它就具有超自然的力量，會致對方於死命。咒語的文字表現形式是符籙。中國舊時，人死後請道士唸經超渡亡靈，要在房屋四壁上貼符；蓋房上樑時，在房樑上貼符，我們那裡是在最後一根房樑上用紅色繩子繫上幾個銅錢；孩子生病時到寺廟裡求符。符是一種奇特的圖畫，充當文字符號，代替語言的力量，用作避邪鎮妖之用。符也不只有紙符，任何有隱語的東西都可以做成符，如桃木，如竹釘，如鐵門檻。

幾乎所有咒語都有副作用，《百術驅》上把這種副作用叫做「反噬」或者「逆風」。如果使用咒語失敗，在沒有防護的情況下，咒語會以起碼三倍的力量反彈到你身上。即使使用成功，咒語也會有一定量反彈回來，對你造成潛移默化的不良影響，如果在不知情的情況下，仍然一再使用，對身體會產生巨大的影響。不過一般方術之士都有防禦的專門方法。這個佛家與道家、正統道家與民間道家都有不同，很多都是轉移到別的生命體身上，讓其他人或者物體代為受過。如果爺爺的咒語失敗，鐵門檻可以抵禦一定的反噬，爺爺自己只會受輕微的傷害。

爺爺跟我說，姥爹曾為一個被鬼纏身的人施過「解身咒」，在那人門前的一棵桃樹上畫符，讓纏身的鬼誤以為那棵桃樹是那個人，從而使那人擺脫鬼的糾纏。當時正直暖春，然而那棵桃樹在短短幾天內，迅速枝葉枯黃，飄落凋零。

那人將枯死的桃樹砍斷，發現樹皮裡面全部是不知名的蠕蟲。裡面被這些蠕蟲吃得一乾二淨。姥爹在那幾天也氣短胸悶，上吐下瀉，反噬的反應很嚴重。

我看著爺爺專心做鐵門檻，擔心他會受反噬的侵害。

33

在爺爺專心做鐵門檻的時間裡，我想起了我剛進大學時的一件怪事情。那時的我根本沒有想到十幾年後發生的事情可以聯繫上目前所做的事。就是在發生那件事情的當時，我也沒有聯想到這與很多年前的鬼妓有關。

有時候，我確實有這麼笨。比如，我在小學時學過一篇《小馬過河》的課文，老想不明白為什麼水牛和松鼠一個說河水淺一個說河水深。我學完那篇課文後的啟示是：水牛和松鼠中間有一個在欺騙小馬，所以只有自己經歷了才能戳穿事情的假面目。到了高中，我偶然翻開一本小學課本，才想清楚原來水牛高松鼠矮。

那件與鬼妓相關的事情發生在我進大學後的第三個月。

那是一次晚自習，一個名叫焦皮（「那是我以前的寢友。」湖南同學強調道）的同學坐在我的旁邊。整個自習室靜悄悄的，教室裡只有三三兩兩的學生在看書做題。焦皮突然拍拍我的肩膀說：「看，那邊走來的女生手裡也拿著一個跟你這樣的筆記本。」

「先看好是否漂亮。」我手中的筆不停，繼續寫不能發表的文章，頭也不抬一下。不得不承認，我當時非常癡迷於文學，老幻想著自己的文字可以變成鉛字，在各大報紙雜刊上顯頭露臉。可是結果是殘酷的，我也只能在校刊校報上拿點碎銀子自我安慰。

「嗯？」焦皮不懂我的意思。

「如果漂亮，那證明我們之間有緣分。」我用筆端點點額頭，那說明我正文思泉湧。「嗯？」焦皮真是頑若冰霜，長著一個容積較大的腦殼，可是沒有裝多少腦細胞。

「如果不漂亮，那就只是一種巧合而已。」我又在本上畫個不停。

焦皮「哦」了一聲，沒有再說話，伏下頭安心寫他的作業。整個過程中，我沒有看焦皮說的那個女生一眼。

上完自習，從教室回到宿舍的途中要經過一個食堂。我經過食堂時，瞥見了生長在冷清角落的一棵小柳樹。

我記得某個夜晚去看電影，恰好經過這裡。那時的月光朦朧，我看見那棵小柳樹在微風中翩翩起舞，長長的柳條化為輕柔的絲巾，小巧的柳幹化為輕柔的舞女的軀幹。漸漸地，其他的景物都被夜色溶化，它卻由模糊變得較為清晰，竟然顯現出頭、手、足。懸空的玉盤適時地襯托著自由自在的舞女，成為曠遠的背景。

那一刻，我是愣了，腳像生了根的豎立在原地。那舞女在神秘的月光下盡情地展現優美的舞姿，還頻頻回頭，瞅我一眼。我分明在流水般的月光中看見了她流水般地散發著月光一樣的光芒的眼睛。我全身滑入清澈明亮冰涼的流水中，既感到兩腋清爽生風，又感到缺氧的窒息。

漸漸地，月亮從薄雲中掙扎出來。那美麗的舞女又幻化為一棵小柳樹。我困難的呼吸緩解過來。

回到宿舍後，我沒有很在意剛剛發生的事情，攤開棕色牛皮筆記本繼續寫我的小說。因為讀初中時跟爺爺捉多了鬼，讀大學離開了爺爺，也不再接觸鬼的事情，所以有時難免出現一些幻覺後遺症。

寫了不一會兒，我覺得比較睏，趴在桌子上睡覺了。我的夢進入得很慢，眼前先是一團烏黑，偶爾有幾個不知是什麼顏色的小點在那裡跳躍。接著越來越多的小點加入舞蹈。漸漸地，它們有規律地排列開來，形成一位美女背後的秀髮，接著轉化為一株風中搖曳的小柳樹，小巧的樹幹彷彿一條游泳的水蛇扭動，柔軟的柳條彷彿輕拈絲帶的肢體舞動。跳躍的小點越來越多。那個夜晚的舞女再次浮現，表演那心曠神怡的變化無窮的舞蹈。

此時的我已經不再像十幾年前那樣能知道自己是不是在夢中，反而一做夢就很深很沉，醒來了也會特別累。

她頻頻回首，顧盼生輝的眼神攝去了我的魂魄。從她眼中流出的月光一般的水，迫使時光倒流，把驚愕的我重新置入那個夜晚的那片月光中。我的注意力被無形的手抓住，集中轉移到她的眼睛上。那是一雙美麗的眼睛。她繼續舞蹈，但少了輕柔多了妖媚。伴隨舞蹈節奏的加快，那眼睛漸漸變為綠色，居然放射出像箭一樣銳利的光芒來。無數的光箭射向我，將冰冷刺入我的骨髓。我冷得發抖，同時嚇得發抖。那不是狐狸的眼睛嗎？十幾年前，我跟爺爺捉鬼的時候曾見過狐狸，那是我們那裡山區的最後一隻狐狸。

醒來的時候我打了個噴嚏，渾身冰涼。對面的鬧鐘的指針正若無其事的「唠唠唠」走動，一圈一圈地做單調循環。我覺得現在的日子也如這一圈一圈的單調循環。昨天、今天、明天是長相相同的孿生姐妹。就這樣看著錶的指標在「啈啈啈」聲中一點點地切去我的生命，我感到恐慌。

「缺少一個女朋友。」焦皮這麼解釋我的心理。

「不，是缺少幾個。」我糾正道，「一個洗衣，一個提款，一個當散步的招牌，呵呵呵……」我不是在說自己的「遠大志向」，而是闡述看多了的校園愛情後的總結——大多玩玩罷了。

說完這句焦皮認為很經典的話，我起身去上晚自習。經過食堂時我又忍不住向那冷清的角落瞥了一下。那小柳樹像含羞低頭的長髮美女。我眼光剛剛碰觸它就立刻收回來，心中莫名地害怕。

身邊默默走路的焦皮突然活潑起來；「看，前面的美女就是上次自習我指給你看的那位！」

「嘿，妳好！他叫亮。他旁邊的那個是我，我叫焦皮。」焦皮主動向前面那個女生打招呼道。

她被焦皮調皮的介紹方式逗樂了，大方地伸出手來分別和焦皮我握了握：

「我是胡紅。」我一驚。

焦皮說：「胡紅？多好的名字啊，但是不如叫胡柳的好。你就像一株美麗的柳樹。」我連忙說：「不不。叫胡柳不好。為什麼偏要叫『紅』或者『柳』呢？」

胡紅非但沒有生氣，反而被我的較勁弄得咯咯笑個不停。她說：「我還有點事，先走了。拜拜！」焦皮馬上問：「我是機械系的，你是哪個系的啊？」

胡紅猶豫了稍許，說：「我是政法系的。」

34

她對我們的搭訕不感興趣，禮貌地笑笑，轉身就走。焦皮在一旁為自己在女生面前表現出的幽默感而沾沾自喜。

我愣愣地看著胡紅漸行漸遠的背影。焦皮走上來捶一下我的胸脯，把我嚇了一跳。焦皮斜著眼珠看我：「喲，這麼快看上人家啦？」

「哪有的事！」我被他一嚇後反而清醒多了，但接著在走向自習室的一路上，總感覺背後那柳樹下有一雙眼睛盯住了自己，覺得毛骨悚然。焦皮仍興致不減喋喋不休地評價胡紅的模樣，但是我沉默著，總覺得有些東西怪怪的。

走到自習室門口時，我忍不住突然迅速轉身，彷彿背後躲著一個暗暗追蹤的黑影。焦皮被我突如其來的動作嚇得一跳：「你幹嘛呀？兄弟，剛才嚇了你，你報復我是吧？」

那一瞬間，我看見一隻火紅色的狐狸蹲在柳樹下。在我的眼睛碰觸到它綠瑩瑩的眼睛時，它迅速溜掉了。「看什麼呢？」焦皮順著我的方向望去，「什麼也沒有啊，神經兮兮的！」

「紅狐！」我大叫，汗毛都豎立起來了。我真看見它露出那張狐狸臉，但立即又消失了。

「是胡紅！從那身材就可以看出來。」焦皮拍拍我驚恐的臉，兀自走進了自習室。

「我說的是食堂那角落裡。」我跟著進自習室，坐在焦皮旁邊。

「那裡只有一棵柳樹啊。」焦皮愛理不理地回答。我們選個位置坐下。

「你們是大一的吧。」後面一個戴著深度眼鏡的女學生插話了。她可能是大四的，因為她的桌上放著兩本考研究所的輔導書。

「那是胡柳。」

「胡柳？」我瞪大了眼睛。

「哈哈，我剛才給胡紅改名為胡柳呢，兄弟你看，就這麼巧呢？」焦皮樂不可支。

「胡柳是柳樹的一種。古人說這胡柳比一般的柳樹多了一些妖媚之氣。我開始不信呢。但是在讀大三時，那胡柳下曾死過一個女孩。我親眼目睹了那幕。」她推了一下深度眼鏡，「古代神幻著作中說女人死在胡柳下，魂魄會變成狐狸。所以我每次經過食堂都是心驚膽顫的。」

「那些書都是騙人的，誰相信呢。」焦皮不屑一顧地反駁。

我覺得有什麼重要的問題被遺漏了，但一時又記不起來。

在回寢室的路上，我在食堂邊站了一會兒。其實這不完全是食堂，下三層是餐廳，上四層全是娛樂場所。（我插言：「這個我們都知道。」）小柳樹恰好在七樓一個破舊窗戶的正下方。上完晚自習，夜已經較深了，那窗戶彷彿一個張開的嘴巴，似乎要吞下一切。

第二天，我經過食堂去教學樓上課。食堂外站了許多人。一問，原來昨晚有一個男生從七樓窗戶跳了下來。今天早晨被清潔員發現，躺在胡柳下的他居然還有微弱的呼吸，剛剛被弄去校醫院搶救。我湊近人群，只看到一地猩紅的血跡，和那紅狐顏色一樣。

當晚我和焦皮又在食堂邊碰見了胡紅。焦皮大叫：「這不是巧合，這是緣分！」我連忙去捂住他的嘴。胡紅笑吟吟地轉過身來向他們打招呼，我注意到她是個瘦小但很賞心悅目的女孩。寒暄了一會兒，她說：「我還有點事，先走了，拜拜！」

接下來在自習室又看到了戴深度眼鏡的大四女生。她主動向焦皮揮手，意思是叫他們坐到她前面的空位上。

「喂，相信了吧？我說了胡柳有妖媚之氣的。昨晚跳樓的男生肯定是受了狐狸的媚惑。」接著，她又神秘兮兮的小聲說，「告訴你倆啊，去年那女孩子是在同一個地方跳下來的。不知道下一個是誰呢。」

「那她為什麼自殺呢？」我找到了這個重要的問題。焦皮眼中分明出現了恐懼。

「女孩子還能為了啥？感情唄。聽說是一個她喜歡的男孩子玩弄了她的感情，一時想不開就……」她攤開兩隻手，表示無可奈何，「後來那男孩子心理壓力很重，不願意在這裡待下去，輟學打工去了。可巧的是怎麼又有人在那裡跳樓呢？」

「不要把完全不相干的事情扯到一起，好不好？」焦皮臉色發生了變化。

「那為什麼今天的男生在同一個地方自殺呢？」我問。大四女生望著焦皮點點頭，表示我的話也是她的疑問。

「那窗口好跳，恰好下面又長著一棵胡柳啊。」焦皮聲音雖大，但明顯底氣不足，所以聲音有點顫抖。「那好，你說，你說兩者有什麼聯繫？下一個跳樓的會是誰？」

「我也不知道。」我說。

大四女生也搖搖頭，說：「但我肯定那狐狸還會去害別人的。」

上完晚自習，我馬上去了政法系的公寓樓。我找到了打籃球認識的朋友強子。強子是政法系的學生會幹部，認識很多人。幾分鐘後，我從強子那裡回來。夜很靜，我能清晰地聽見自己撲撻撲撻的腳步聲。接著就不對勁了，我覺得有另一雙腳步聲從背後傳入耳朵。我停住，它也停住；我邁步，它也跟著響起來。幸虧我很快回到了寢室。

焦皮看見我額頭滲出了細密的汗珠，問我幹什麼去了。

「政法系根本沒有胡紅這個人！」我顫抖著說。

這晚焦皮和我都沒有睡好。焦皮害怕得緊緊抱住被子。我平躺在床上，想了許久。大概凌晨兩點多的時候我才昏沉地入睡。在流水般的月光中，那柳樹下果然躺著一隻紅狐。它綠瑩瑩的眼睛閃爍著兇狠、報復，也閃爍著悲痛。它嘴角流淌著刺眼的血，死死盯住我。幾秒鐘後，它轉身離開了，像上次我轉身看見的情形一樣迅速離開了，留下早隱匿在身後的一具屍體。直覺告訴我，那是跳樓的男生。我看見屍體的心臟位置被紅狐舐咬破爛了，底下的血像一張紅色的狐狸皮平鋪在地上。鬧鐘把我叫醒了，一身汗涔涔的。

焦皮死也不肯去上晚自習了。我獨自背上書包走了。快到食堂的時候，我隱隱約約看見前面站有一個嬌小的身影。我深呼吸了一次，走上前去，將手放在她的肩膀：「你好，胡紅！」

胡紅轉過頭問：「你知道了我的秘密，你不害怕嗎？」

我笑笑說：「我相信妳是善良的，所以不怕。」

35

「那男生的自殺與你有關嗎？」我問。

「我要報復！我要讓那些心理脆弱的人愛上我，然後我把他狠狠地甩掉！

讓他們也嚐嚐女孩子受傷時的感受！」她的聲音很小，但很堅定。

「因為以前妳喜歡的人傷害了妳，對嗎？」

胡紅沉默了。

「那妳不是和那個傷害妳的人一樣了嗎？」我聲音很低，故意將語速降慢。

那晚我沒有去自習室，我和胡紅聊了很久很久。並且此後的每個晚上我都會去食堂前面，將手放上背影的肩膀。胡紅轉過頭，然後我們開始聊天。

突然有一次聊天的時候，胡紅說：「這幾天來，是你的話語和你的行動讓我覺悟了：並不是所有的人都是虛偽的，其實真誠的人還有很多。我不打算再去加害別人了。」

我心頭有種異樣的感覺，既放心又不捨。回到寢室後，我又做夢了。夢中的小柳樹表演著歡樂的舞蹈，舞女的眼睛像月光一般柔和，像流水一般清純。這是我近來第一次夢醒後沒有汗水。

焦皮告訴我：在醫院搶救的那個男生忽然好轉得飛快，現在能下床行走了。我聽完馬上趕往食堂。躲在冷清角落的柳樹居然開始枯萎，有一半的柳葉已經微微泛出黃色。

這天晚上，我急急忙忙跑向胡柳的所在地，似乎要去給某一位要好的朋友送行。我看見前面的背影後將腳步放慢，輕輕走上前，將手放在她的肩膀上叫道：「嘿，胡紅！」

轉過來的卻是一張陌生的面孔，我大吃一驚！

那女孩笑了，問道：「不會吧，我有這麼嚇人嗎？是不是看多了恐怖片啦？」

「對不起對不起，我認錯人了。」我連忙道歉。

「看，我在這裡撿到一張明信片。喂，你是不是在找它？你是亮吧？」

那女孩手裡捏著什麼東西。

「你怎麼知道？」我迷惑了。

「哈哈哈，你以為我有妖魔附身知道你的名字啊？這明信片上贈送人寫著亮呢，還有什麼感謝這幾天來你為我所做的一切。不唸了，你自己看吧。」

我接過明信片，藉著微弱的月光，看見上面畫著一隻美麗的紅狐。

次日清晨，又有一大群人圍在食堂前面。我心裡咯噔一聲，急忙擠進去。接下來幾天，校園裡處處都在討論為什麼好好一棵胡柳在一夜之間枯死了。只有我知道，我的一個好朋友已經離開了。

「嗯，今晚差不多了。」湖南同學挪動了一下身子，聲音裡居然有些傷感的意味。「奉勸各位，千萬別玩弄別人的感情。」

滴答，滴答，滴答……

我們都陷入沉默，唯有牆上的時鐘發出聒噪的聲音。

國家圖書館出版品預行編目資料

驅魔老人／童亮著.
－－第一版－－臺北市：宇河文化 出版；
紅螞蟻圖書發行， 2015.04
面　公分－－(每個午夜都住著一個詭故事；2)

ISBN 978-957-659-985-9（平裝）

857.63　　103027028

每個午夜都住著一個詭故事 2

驅魔老人

作　　者／童　亮
發 行 人／賴秀珍
總 編 輯／何南輝
執行編輯／韓顯赫
美術構成／Chris' office
校　　對／楊安妮、朱慧蒨
出　　版／宇河文化出版有限公司
發　　行／紅螞蟻圖書有限公司
地　　址／台北市內湖區舊宗路二段121巷19號（紅螞蟻資訊大樓）
網　　站／www.e-redant.com
郵撥帳號／1604621-1　紅螞蟻圖書有限公司
電　　話／(02)2795-3656（代表號）
傳　　真／(02)2795-4100
登 記 證／局版北市業字第1446號
法律顧問／許晏賓律師
印 刷 廠／卡樂彩色製版印刷有限公司
出版日期／2015年 4 月　第一版第一刷

定價 160 元　港幣 54 元

ISBN 978-957-659-985-9　　Printed in Taiwan